U0048203

烏龍院前傳

拾參

敖幼祥

大師兄

原先為烏龍院唯一的徒弟，在小師弟被收養後，升格為大師兄。平日負責院內的清掃整潔工作，長期勞動訓練出一身蠻力，異常耐打。雖然常常惹事生非，但是很講義氣，疼愛師弟。

小師弟

長相可愛，古靈精怪的小師弟，曾是神祕組織追殺的對象之一，因墜落山崖才意外逃過一劫。身上戴有天首王之後代才能擁有的火麒麟雪玉環，後被烏龍院的師父帶回領養。因為在「七層塔」誤食了「達摩羅漢丹」，而擁有了神奇的內力。

大師父

烏龍院大師父，武功高強、面惡心善。在少林寺中輩分最高，人稱大師伯，法號空海，身擁絕學。

二師父

菩薩臉孔的烏龍院大頭胖師父，不顧大師父反對，硬是將小師弟領養回烏龍院。在少林寺人稱三師叔，法號空圓。

還屍谷谷主

黑馬車神祕人幕後真正的指使者，長期隱身於還屍谷，苦練白骨還魂絕學。任何東西一旦掉入谷中的還屍池，都立刻灰飛煙滅。擁有如此強大邪惡力量的魔教谷主，打算一舉殲滅武林各大門派，正邪大戰，一觸即發。

黑馬車神祕人

黑馬車的魔教神祕人沒有雙腿，手段卻兇狠異常，為了取得羊皮卷，不惜大開殺戒，連魔教首領天首王都淪為他的階下囚，慘遭凌遲。

菊師爺

死於魔教神祕人之手，屍身被還屍谷谷主拿來試驗白骨還魂絕學，空無靈魂的軀體化身成魔教強大的殺人武器，完全受谷主命令操控。

無回谷神祕老伯

居住在無回谷的奇人，和少林寺有神祕的淵源。看似怪脾氣難相處，實則擁有深藏不露的武功，在照顧及調教兩兄弟時，意外發現小師弟身上藏著特殊天賦。

巨人阿德

和神祕老伯相伴的無回谷巨人，意外救了墜落的大師兄和小師弟。他說的話只有神祕老伯聽得懂，雖然塊頭和力氣都奇大無比，但面惡心善，實際個性純真善良。

星覺禪師

少林寺掌門人星眠禪師的師弟，前往無回谷找到隱居的星如師兄，一語點醒少林寺的至陽經書《天罡經》需要至陰之書來相互調和，才能打通小師弟身上的任督二脈。

普拉瓦活佛

西域喇嘛之首，是不幸喪生的三位西域喇嘛的師父，平日善與人相處，通情達理，是非分明。愛護弟子，與少林寺禮賓相待，卻誤中空明的挑撥離間計，並率眾到少林寺討公道。

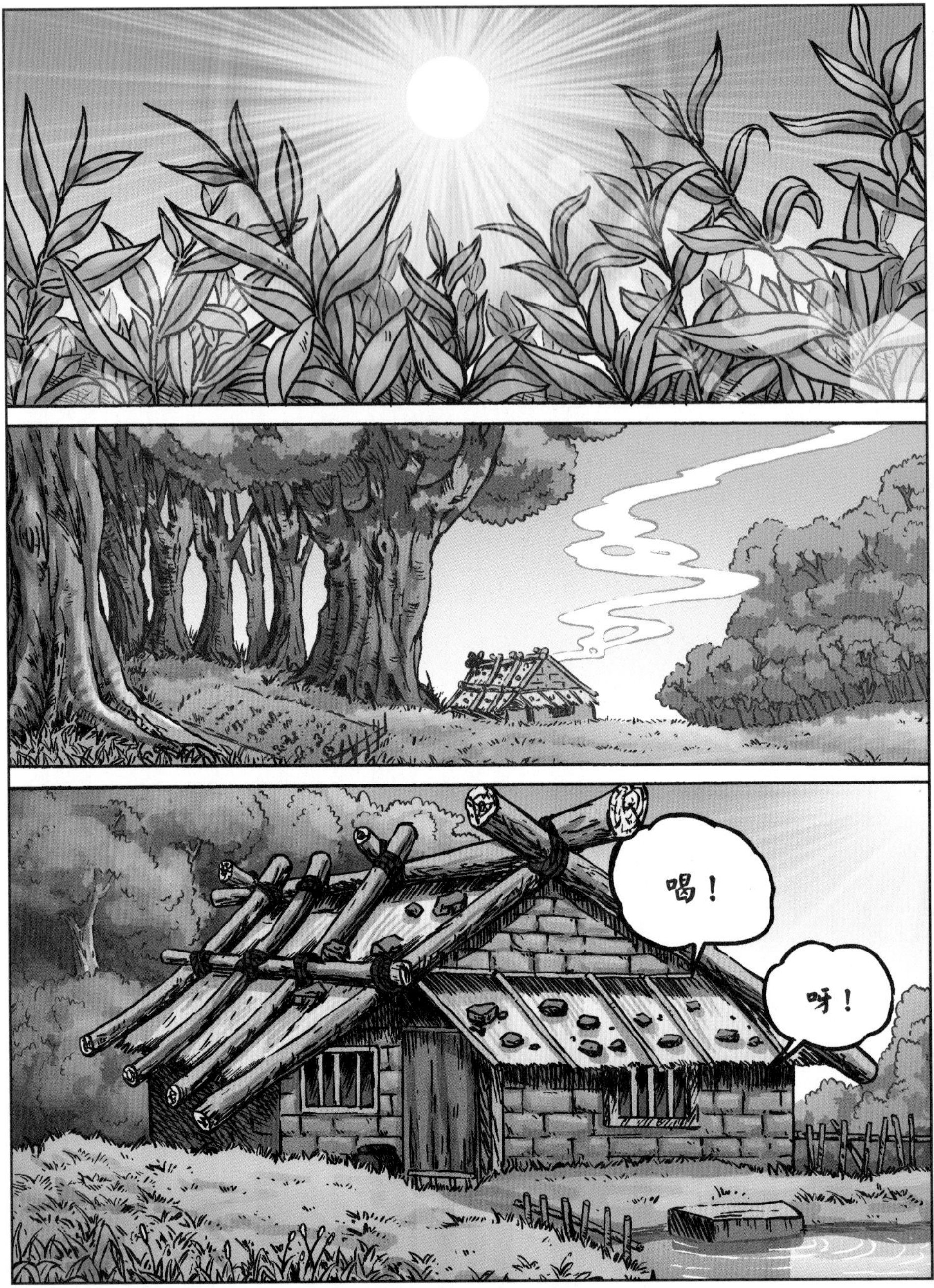
喝！
呀！

呀！
呔！
喝！
呀！

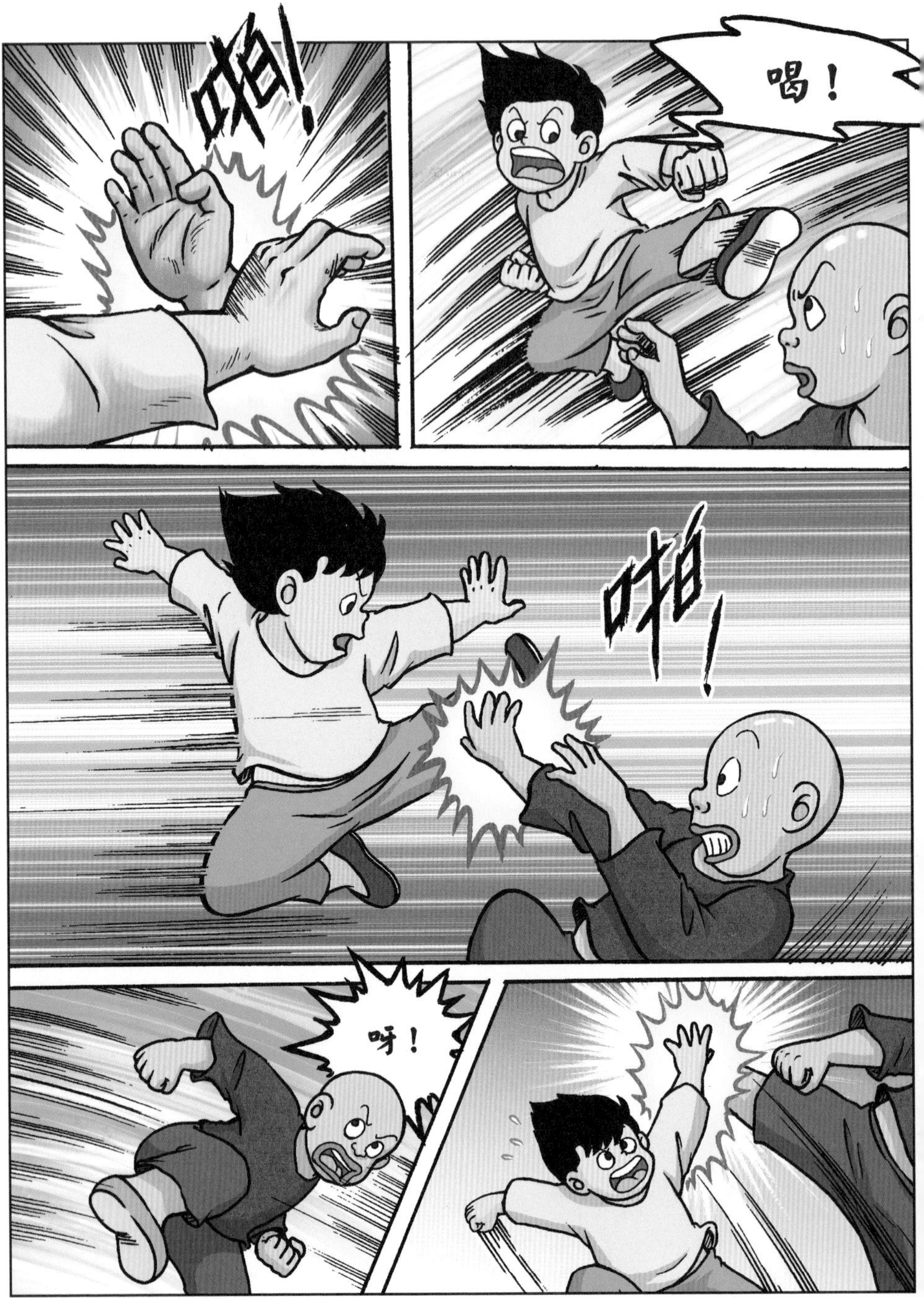
啪！
喝！
啪！
呀！

呀！
喝！
啪啪啪啪！

很好！好！
進步非常快！
歇一會兒吧！
呼！
呼！
呼！

老爺爺！
嗯！你們兄弟倆
搭配得真好！
怎麼樣啊？練了這
些日子的功夫，有
什麼心得呀？
老爺爺！我好像又長
壯了一些！你看！
哈！哈！好！
果然是壯了些

我也是！
老爺爺！
你看！
呀……
啊！
嘻！嘻！嘻！
笑什麼？
呀！
這一招，
你會嗎？

笑死人了！這麼簡單的
招式，誰不會？來！
注意看！
呀！
呀！
啊！

他上當了！嘻！嘻！
哈哈哈哈哈……
好了！今天到此為止吧！
小圓頭！你去煮飯吧！
是！老爺爺！
娃兒！咱們進屋去，照昨天我教你的，再做一次！
還要練啊！那好難受哦！

你這麼不勇敢，
怎麼替你母親報
仇呢？
來吧！
快坐下來！
準備好了嗎？
嗯！
好！注意
聽著……

集中精神，提取丹田之氣，力貫百會，吸氣……吐氣，入膻中，止印堂，伸少商，上人中，止太陽……
唔！
吸！
呼！
唔！

唔！氣走丹田，之入五門，心如群水……
喝！
啊！這……

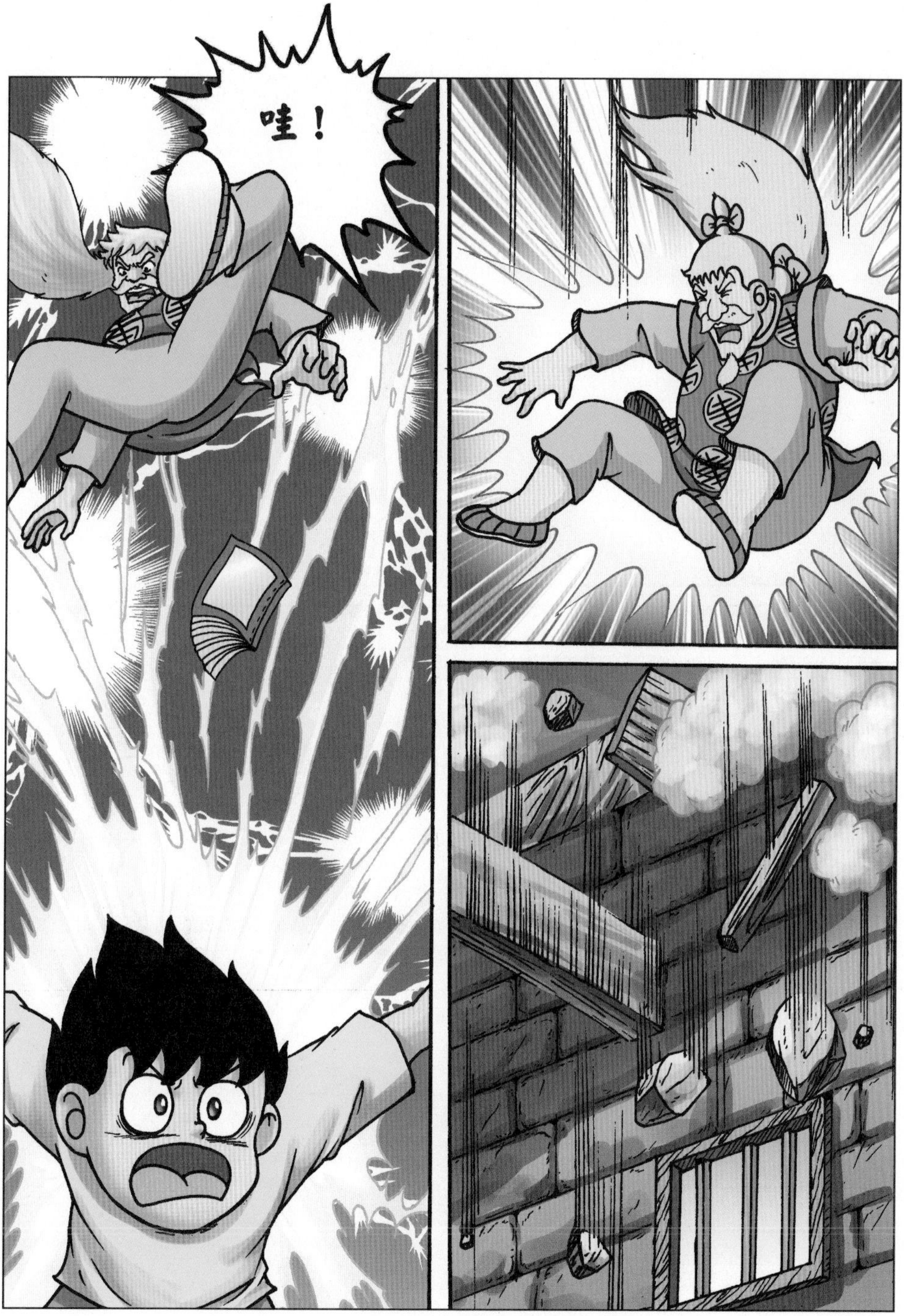
哇！

啊！

喂！
小娃兒！
小娃兒！
快醒醒！
唔！
沒事吧？
我沒事！

這是什麼緣故？無論用了多少內勁，都無法幫他打通任督二脈！
會不會是我的方法錯了……
嗯！再試試看！
小娃兒！現在咱們再重做一次！
什麼？再做一次！我不要！
剛才大概是方法不對，來！這次也許會成功！
可是……
好吧！好吧！

唔……
……
奇怪！這書上明明寫著，應該不會錯呀！
也許是我的錯！唔……換個方法試試！
小娃兒！這次你面對著我試試看！

唔！
好！現在就照我剛
才說的重做一次！
是！
吸！

啪！
啪！
啪！
啪！
唔……

呀！

唔……沒有抗
拒的跡象！
這也許對了！
再加兩成功力試試！

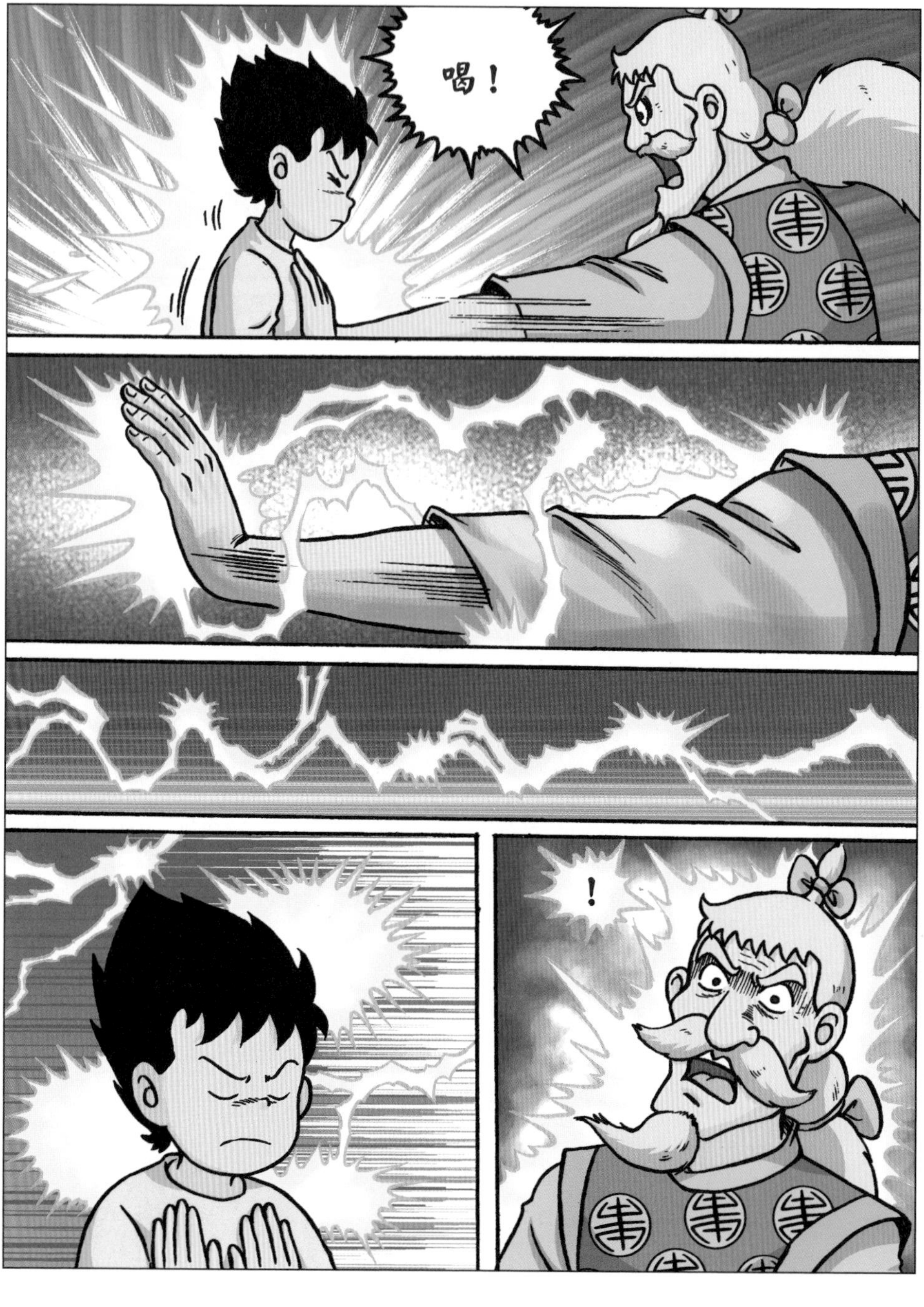
喝！
！

不妙！

轟

哇！
軋！

哇！
轟
救命啊！

呼！
呼！
呼！
呼！
呼！
啊！阿德，這一頓飯又泡湯啦！
奇怪！怎麼每次師弟練功的時候都搞得這麼亂七八糟。
遲早有一天，我們會沒房子住！

唉！這可怎麼辦才好呢？幾天下來，弄得人仰馬翻、筋疲力盡，還是一點起色也沒有……

難道說，是這本書記載錯了？
還是我的功力不行？
這其中一定有什麼我沒有查出的癥結！
據我所知！這《天罡經》乃是針對內力強勁而又無法自主之人所寫的。
這書曾經造就過無數少林子弟，可說是百試不爽，從未失敗過一次，怎麼這次卻不靈了？

!
不是書不靈！只是
其中有許多癥結，
你不知道罷了！
啊！是你！
哈哈哈哈！師兄！
夠你頭疼的吧？

太好了！我正要去找你，來！快點進來！
請！
師兄！你這兒挺雅靜的嘛！
豈敢！豈敢！斷牆殘瓦，比不上你那高宅深院呀！
哪兒的話！還是這兒好，依山傍水，清塵脫俗！不亞於世外桃源哩！

對了！師兄，你剛才說正想去找我，是什麼事呀？
我是想去問你，這本書，到底是……
你是不是在懷疑這本書可能拿錯了？
對！老哥我正在納悶！
其實，你拿走了書之後，我也曾仔細想過！那孩子的天賦異稟，就憑你這本書，恐怕不行！我料想，你肯定會遇到困難，因此，特地前來與你商量此事！

啊？你早知道了！為何不告訴我！害我吃了許多苦頭！
對不起！本想早點來，不料寺中出了點事，被絆住了，所以至今才來！
哦！少林寺出了什麼事？
這……事情以後再說！現在我們先來討論這書，為何無法對那孩子產生作用呢？
唔！對這件事，你有何高見？
據我判斷，這孩子體中那股內勁，並非純陽之力！
而是一種陰陽並存之氣……

也許是天賦異稟，據我推測，那孩子出世之後就有先天的內勁存在著！這是與生俱來的！也許是他的雙親所致……
唔！有此可能！
師兄，你是否知道達摩羅漢丹的藥性？
達摩羅漢丹？那可是至陰之物呀！
不錯！這丹藥就是當年達摩老祖所煉之物！相傳此藥製法傳自西域！當今也只有少林寺掌門會製造！
對！這羅漢丹的功效驚人！如有練武者走火入魔，只須服用半顆，便能化險為夷，而武功高強者，服用一顆，便能增進十年功力，確是妙用無窮……

不錯！
師兄嘗過沒有？
嘖！我哪兒有
這種福分？
可是，那孩子卻
吃過羅漢丹！
啊！什麼？
他吃過達摩
羅漢丹？
豈止吃過！當年星
眠辛辛苦苦收藏的
一整罐，全讓他給
嗑掉了！
啊！什麼？他吃了一
整罐的達摩羅漢丹？
老天！這……這……
不錯！因此，他那一
身內力，就遠非你我
所能想像了……
難怪！難怪
我會被整得
那麼慘！
哈哈哈！他那一身
詭異的陰陽並涵之
力，也令師兄束手
無策了吧！

嗯！陰陽並存！怪不得《天罡經》與我這身內力，都起不了作用！難道非得……
對了！非得再有一本至陰之經書來相輔相成才行！
至陰之經書嘛，那是……
西域喇嘛所著《鬼手地靈》書，一般叫它《半皮卷》！
啊！什麼？你是說西域那本極為陰毒兇殘的奇書《鬼手地靈》？
不錯！除非是神骨天罡與鬼手地靈二者合併，還有什麼辦法能打通那孩子至陰至陽的任督二脈？
唔！你說的也有道理，除非是這樣……

可是咱們到哪兒
去找那本書呢？
哈哈哈哈……我明
白了！我明白了！
遠在天邊，近在眼前！
那本書，此刻也許就在
那孩子身上！
什麼？那本書就在那
孩子身上？這……

唔！我馬上帶
他來這兒！
娃兒！
孩子！這是你的造化！
也是你的福分！將來少
林寺就靠你了！

老爺爺！您找
我有什麼事？
你看看誰來了？
唔？
啊！

師叔公！
師叔公！您怎麼知道我們在這裡？
呵呵呵……你們的事，我都知道了，真是讓你們受苦了！
哦！您都知道了，是誰告訴您的？
是胖妞！

哦！她回到
少林寺了？
不錯！她把事情
都告訴我們了！
對了！我去叫
師兄來見您！
等一下！
孩子！我先問
你一件事！
哦！師叔公要
問我什麼事？
聽胖妞說，你們被魔教
追殺的時候，你母親曾
經交給你一樣東西，要
你帶回少林寺，是不是
有這回事？

我媽媽交給我的
東西？這……
啊！我想起來了！
現在那東西呢？
我現在就
去拿來！
唔……
在這兒！
您看！
嗯！……

……
就是這玩意兒嗎？當初我還以為是什麼小東西，把它扔在一邊了！
師兄！那《天罡經》呢？

在這兒！
唔……
……
這就是了！

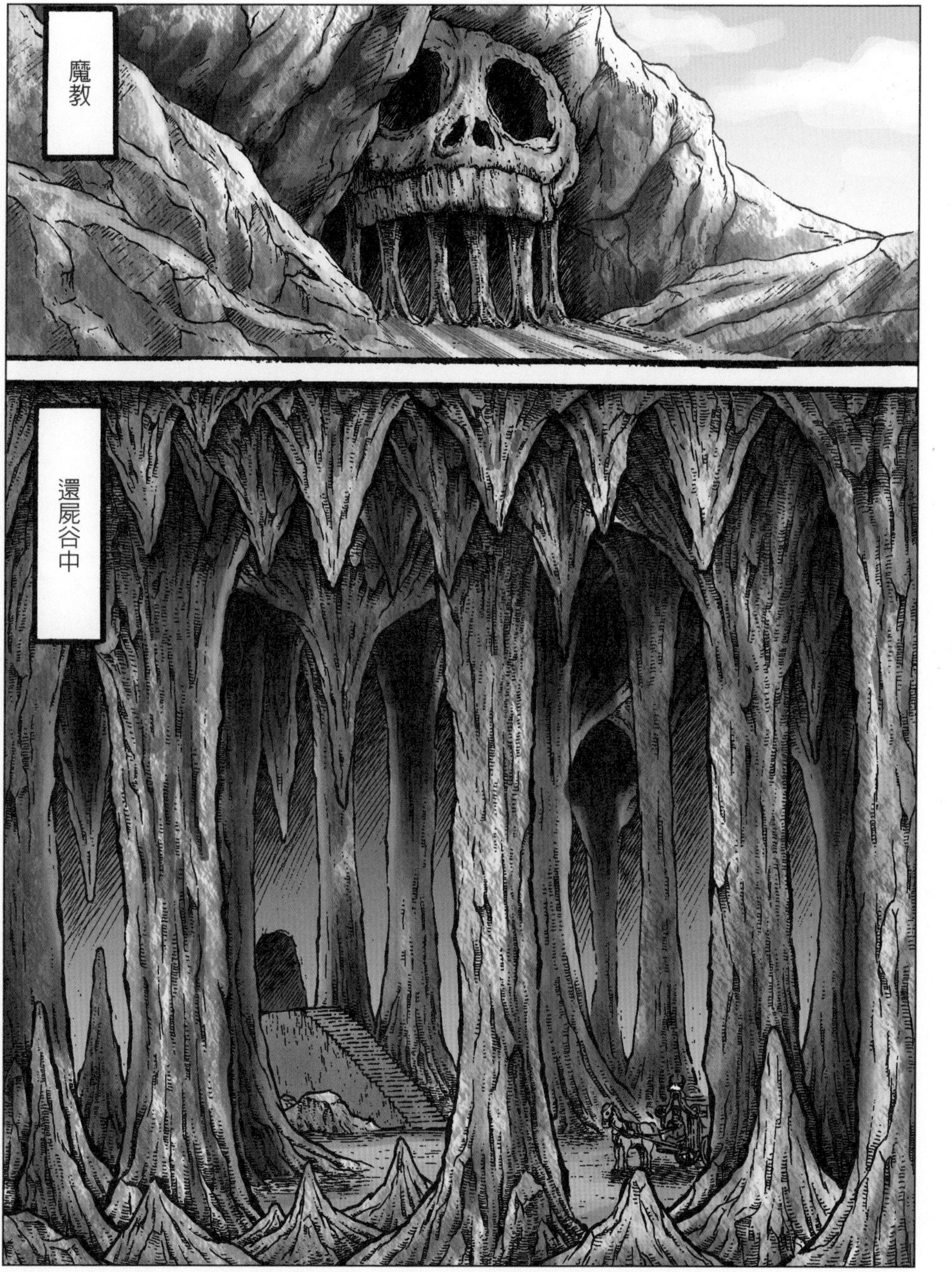
魔教
還屍谷中

黑馬車，你為何
去而復返呢？

谷主！
我……
因為……
是不是少林寺的
人已經來了？

唔……還是沒來！
不過臥底的人身分已被揭穿了！
哦！那你準備怎麼辦？
我是特地來請示谷主的。
哼！連你也沒輒了？

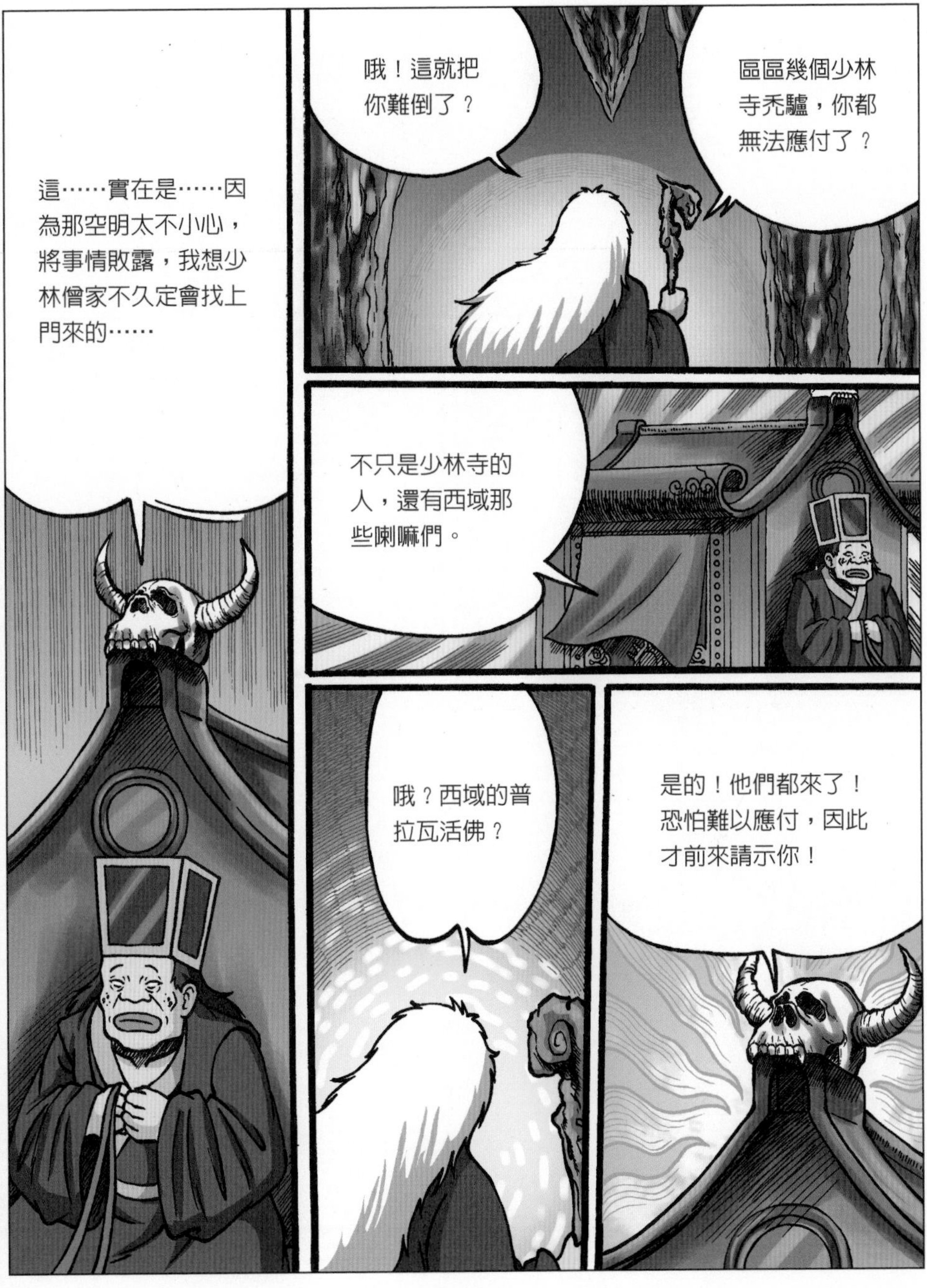
哦！這就把你難倒了？
區區幾個少林寺禿驢，你都無法應付了？
這……實在是……因為那空明太不小心，將事情敗露，我想少林僧家不久定會找上門來的……
不只是少林寺的人，還有西域那些喇嘛們。
哦？西域的普拉瓦活佛？
是的！他們都來了！恐怕難以應付，因此才前來請示你！

哈哈哈哈哈！
太好了！
來得正好！
我可以一舉殲滅，
省得多費手腳！
是！谷主聖明！不過對方人多勢眾，也許連丐幫都會幫助他們。
哦？丐幫？哼！人多勢眾？難道我們就沒人了？最好是全武林的人全都到齊了，更省事！
唔……這……這……谷主的意思是……
哼！看你的樣子，似乎在懷疑我是否有辦法應付？
唔！不瞞谷主，我確實有點擔心！
哈哈哈哈哈哈！

颯！
嘶！！
！
啊！

哼！我要是沒有十分把握，也不會如此自負！

要是有誰敢踏進一步，我就叫他橫屍此地！
唔……
不知谷主如何能做到這點？

嘿嘿嘿……看你一副摸不著頭緒的樣子！好吧！
今天就叫你們大開眼界。讓你們看看我苦練多年的祕學——白骨還魂的厲害！
你們誰有武器，丟一件到那池子裡試試！

唔……

啪！
轟！

啊！
那是……
嘿嘿嘿嘿嘿嘿！別說是一把小小的刀，哪怕你功夫蓋世，練就一副銅身鐵骨，只要一掉下去……哈哈哈哈……
唔！
好可怕……
可怕的還在後頭呢！
仔細看著！

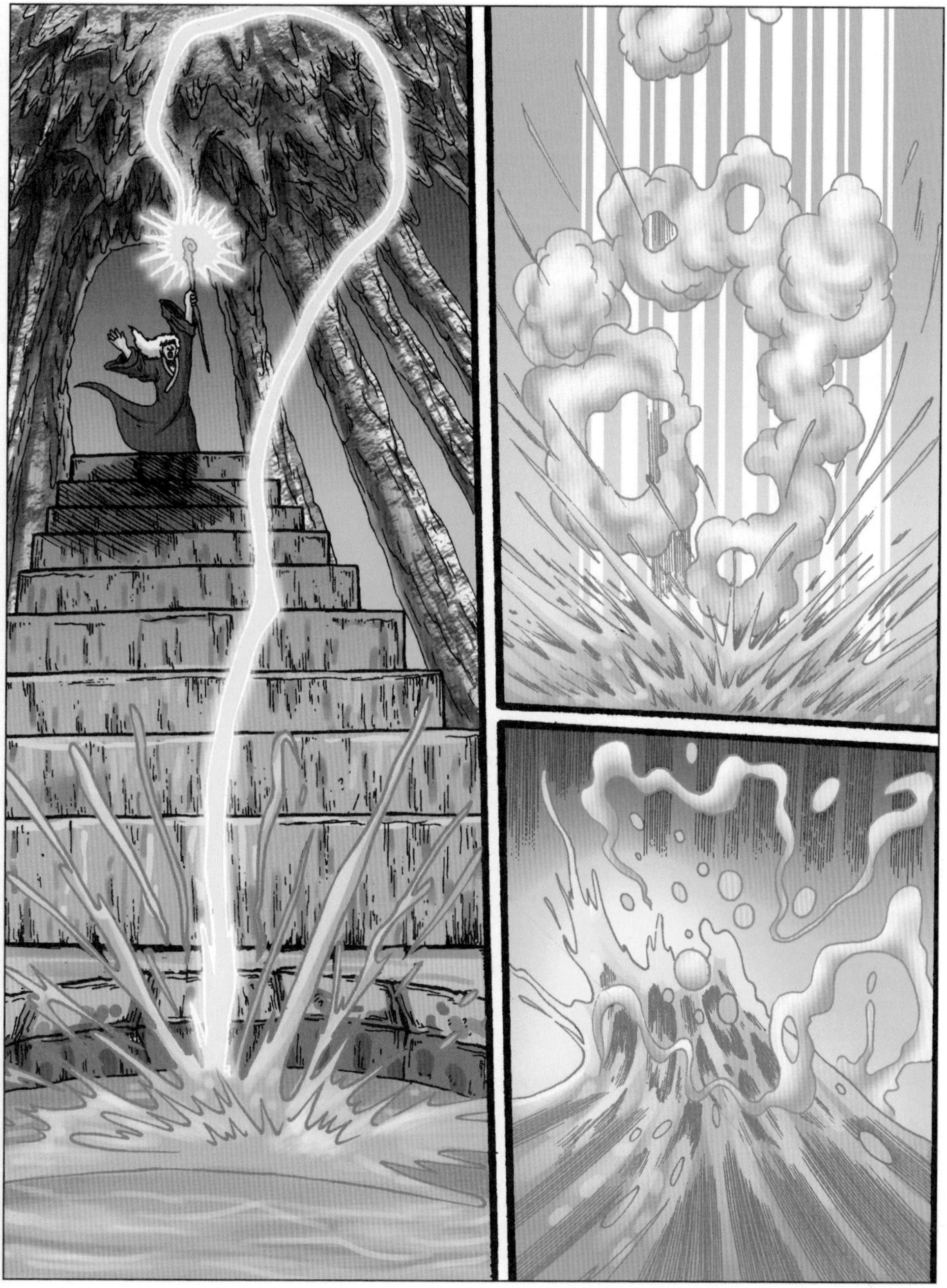

啊！
那是……
不要出聲！

嘩

嘶～！
啊！
這是……

菊師爺！

啊！
糟了！
唰！

危險！快閃開！

啊！
喔！
不要出聲！

喝！

吁！

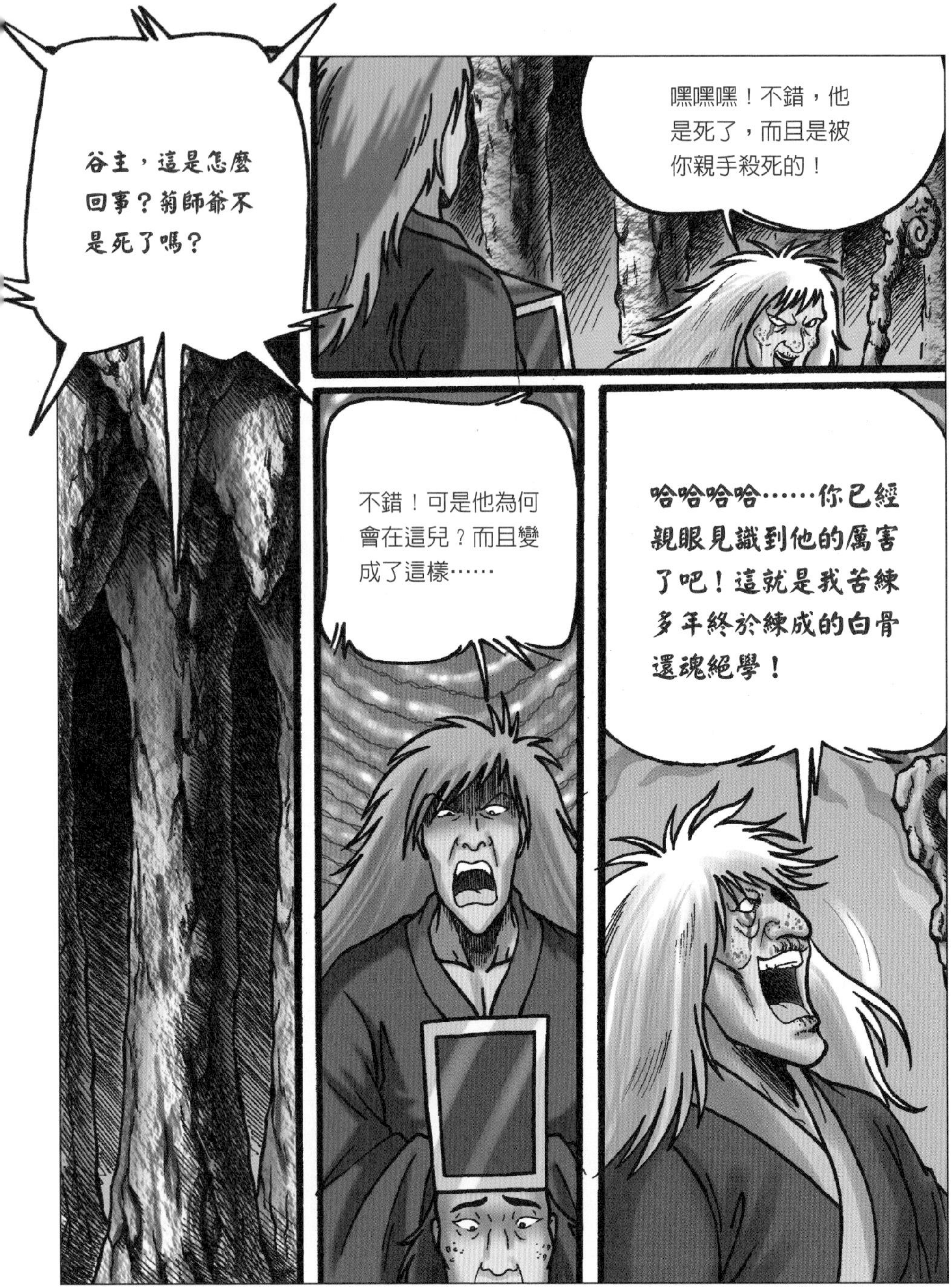
谷主，這是怎麼回事？菊師爺不是死了嗎？
嘿嘿嘿！不錯，他是死了，而且是被你親手殺死的！
不錯！可是他為何會在這兒？而且變成了這樣……
哈哈哈哈……你已經親眼見識到他的厲害了吧！這就是我苦練多年終於練成的白骨還魂絕學！

哦……
就在我這獨門絕學即將練成之際，正好你殺了菊師爺，因此，我就利用他的屍體來試驗，想不到一試就成功了！
你是說，你使菊師爺死而復活了？
不是，他並沒有活過來！他已經死了，事實上，我只是保住他的肉身不壞，受我控制而已，現在他只是一個沒有生命的軀殼……
菊師爺本身武功不弱，再加上這些日子以來，不斷貫注到他身上的絕學，已經使他變成一個非常厲害的殺人武器。

唔……
你說的少林寺僧人和那些西域喇嘛，根本不必把他們當一回事，只要他們敢來，嘿嘿嘿……
原來如此！我真是佩服谷主，這下子我可不必再擔心什麼了！
哈哈哈哈……
嘿嘿嘿嘿嘿……
哈!
哈!
哈!

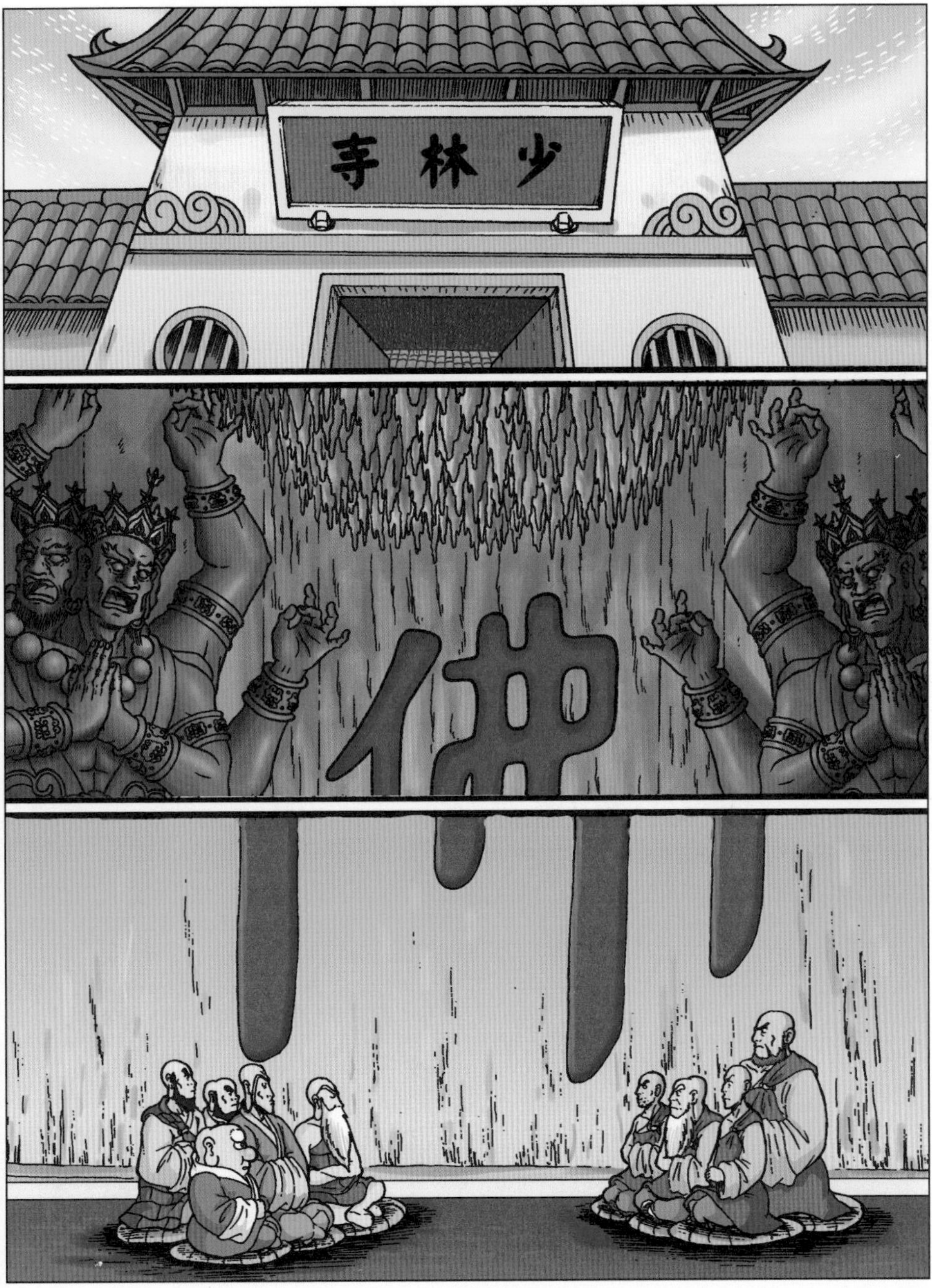
少林寺
佛

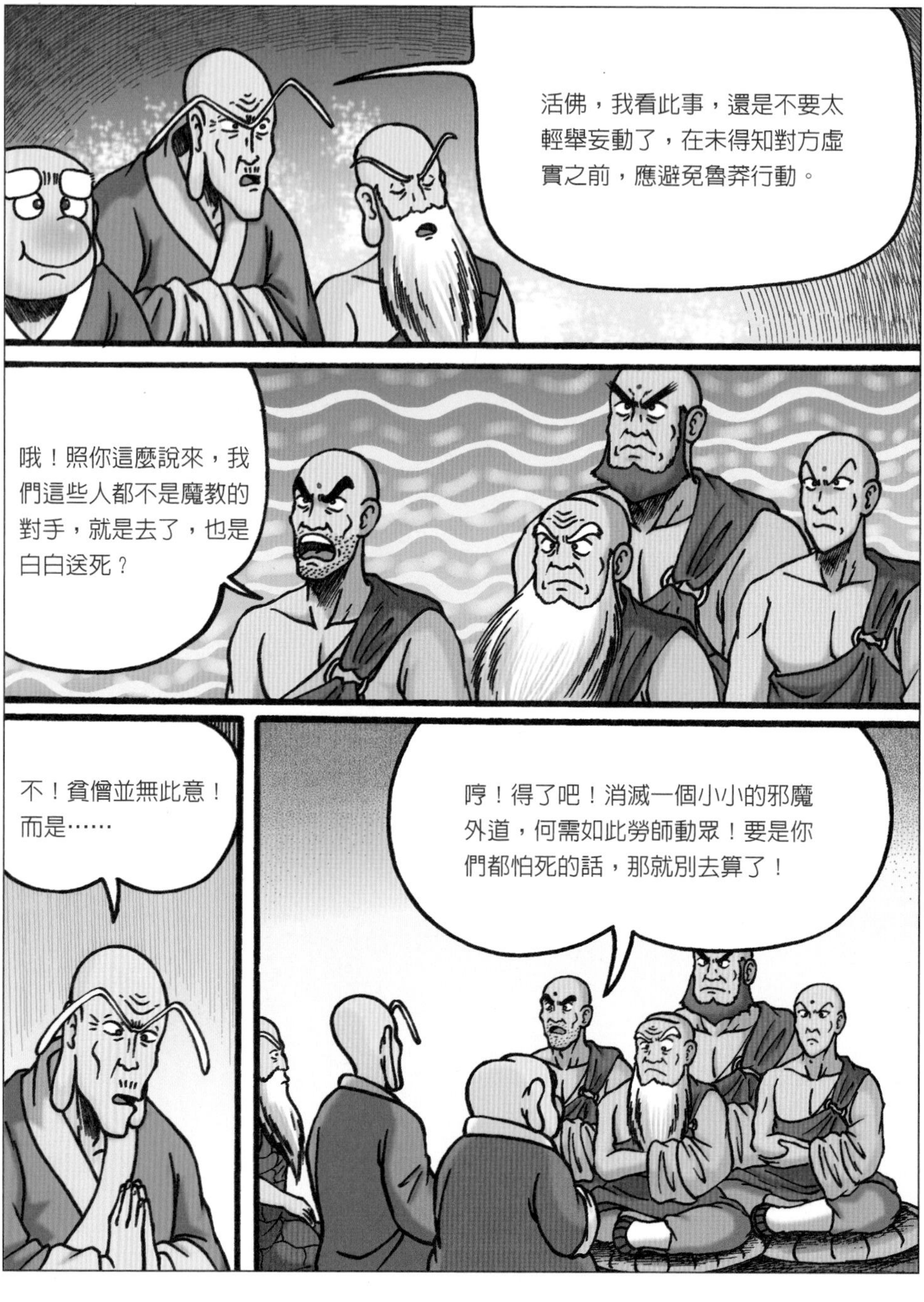
活佛，我看此事，還是不要太輕舉妄動了，在未得知對方虛實之前，應避免魯莽行動。
哦！照你這麼說來，我們這些人都不是魔教的對手，就是去了，也是白白送死？
不！貧僧並無此意！而是……
哼！得了吧！消滅一個小小的邪魔外道，何需如此勞師動眾！要是你們都怕死的話，那就別去算了！

呸！你講話客氣點！什麼叫怕死？
怎麼？還不夠客氣嗎？不怕死的就走呀！別像個縮頭烏龜似的……
你罵誰烏龜？
哎呀！空海，冷靜一點，少說兩句。
師父，我看這樣下去，不會有什麼結果，乾脆咱們自己殺過去，拿到了羊皮卷就走，反正他們少林寺的人武功也不怎麼樣，何必一定要他們幫忙呢？

嘿！你這喇嘛怎麼這般自負？少林寺雖非人才濟濟，可也不像你們那般無知，請閣下講話留點口德！
哼！是嘛！我們喇嘛無知，哪兒像你們少林寺人才輩出，眼前不就有個住持當了大內奸嗎？
你們喇嘛也不差呀！誰不知道魔教的黑馬車就是你們喇嘛的大弟子！

啊？什麼？
有這種事？
哼！問問你
的徒弟吧！
……
…
老實告訴我，
是不是真有此事？
是……是大師兄
他……他……
什麼？

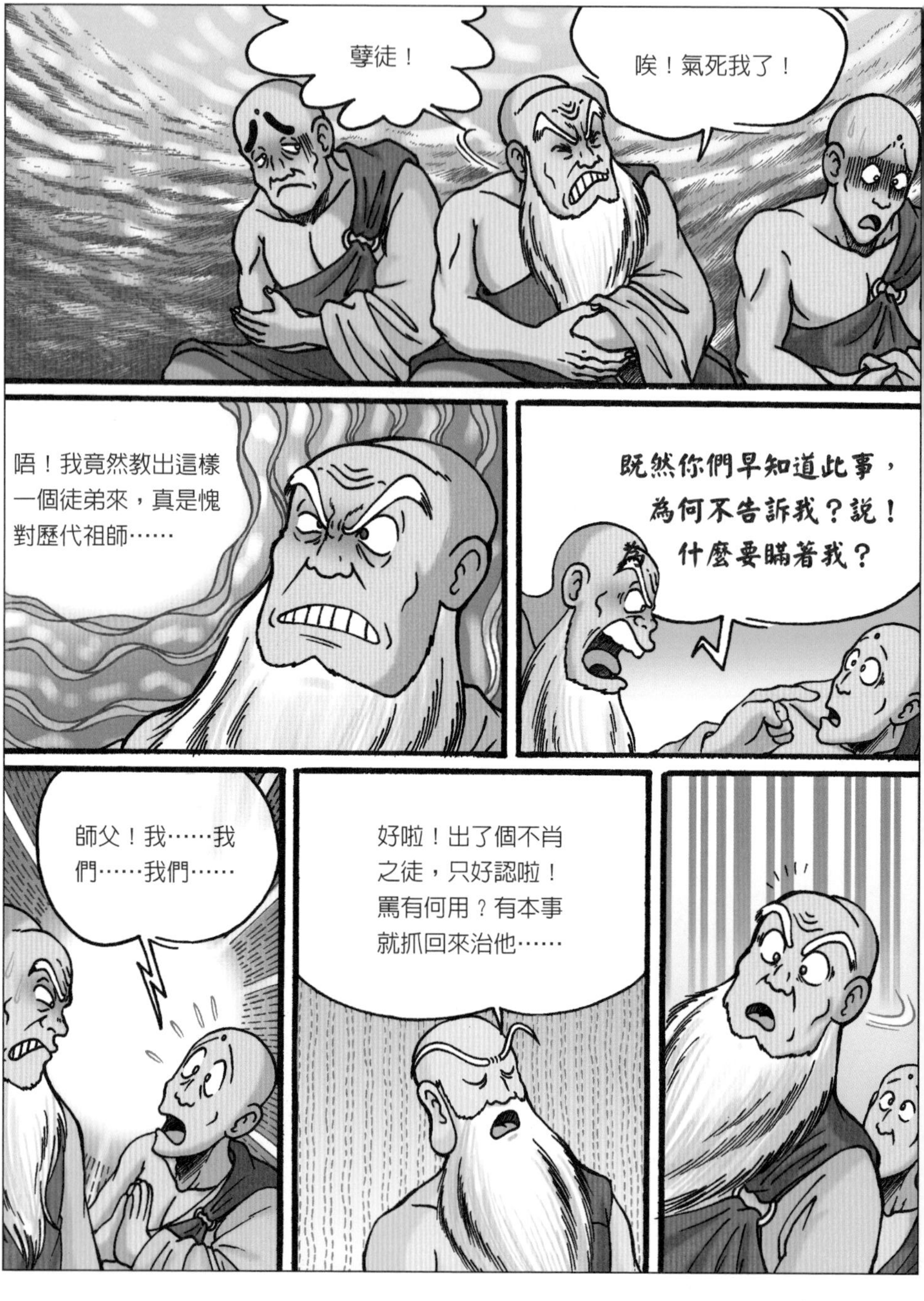
孽徒！
唉！氣死我了！
唔！我竟然教出這樣一個徒弟來，真是愧對歷代祖師……
既然你們早知道此事，為何不告訴我？說！什麼要瞞着我？
師父！我……我們……我們……
好啦！出了個不肖之徒，只好認啦！罵有何用？有本事就抓回來治他……

你敢教訓我！你罵我不會教導徒弟，你自己還不是教出了個大內奸！
你……你……
喂！你們不要血口噴人！
怎麼樣？是不是想較量較量？

打就打！誰怕誰呀？哼！
好！貧僧來領教！
喝！
住手！

參見師叔。
唔！
空海！來者為客，怎麼可以隨便失禮呢？
師叔！你不知道他們有多蠻橫！

好了！別說了！你那毛躁脾氣我還不清楚嗎？快退下！
是！
活佛！如今大敵當前，還望攜手共助，千萬別為了一點小事而傷了彼此之間的和氣！
哼！還不是你那星眠師兄先出口傷人的！
啊！什麼？我又怎麼啦？
好了！師兄！大家冷靜一點嘛！

哼！
哼！
唔……
據我此次前去探查所知，這魔教的黑馬車，並非是主使者，他的幕後還有一位更厲害的角色……

哦！
這件事我也聽說過，只是不知這幕後之人是何來歷？
唔……做為一個幕後的主使者，必定要有非常的能耐才行，他會是誰……
這個人的身分目前尚不曉得，不過有一點可以確定，就是此人的武功詭異，在座諸位恐怕無一人是他的對手。
哦？真有如此厲害的人物？

大師！
你該不會是唬我們吧？
出家人不打誑語，諸位不必懷疑我所說的話！
因此，我們不得不慎重行事，對付此人只能以物制物，否則別無他法……
唔！這可怎麼辦是好？

雖然對方非常厲害，不過我相信，只要我們每個人同心協力，還是可以消滅敵人的……在這兒我要告訴各位一個好消息！
啊！什麼好消息？
目前，我已經找到一位能破除魔教的人……相信他必能擔此重任！
哦！是誰？

就是他！
進來吧！

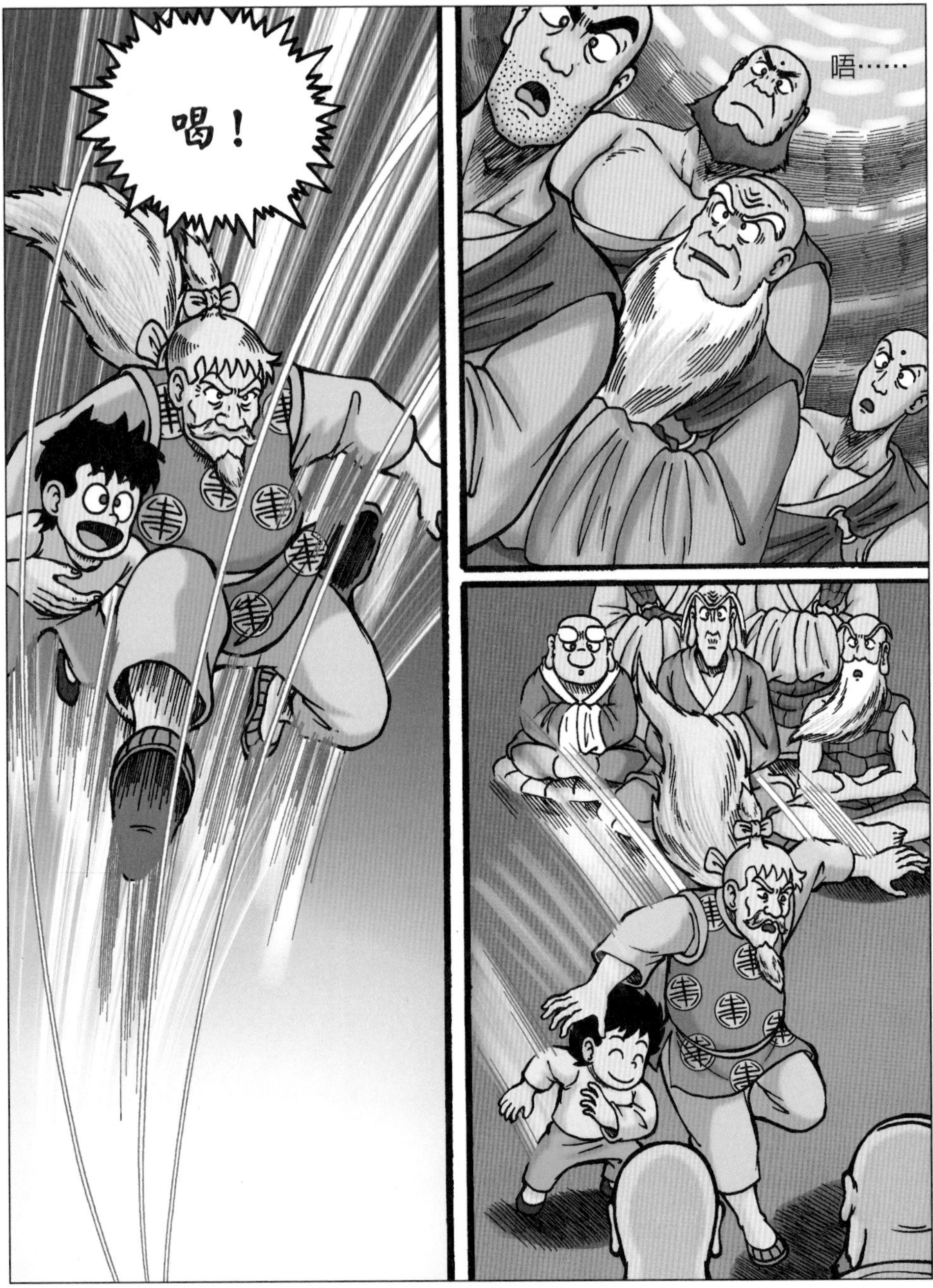
唔……
喝！

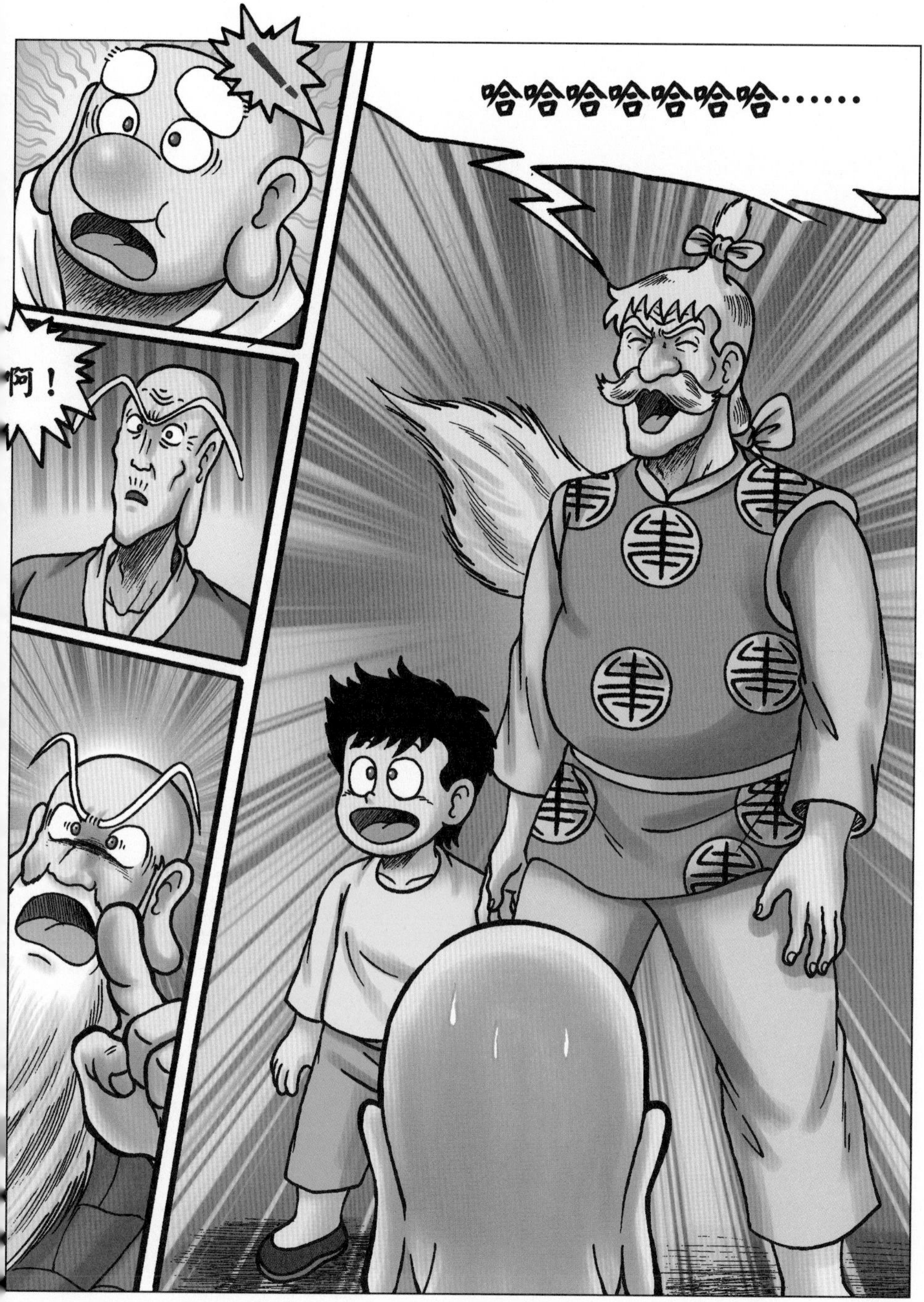
哈哈哈哈哈哈哈……
阿！

徒兒！
師父！
師父！
徒兒！
唔……

你……你……
你是……
哈哈哈哈哈哈……
怎麼了？
星眠師弟！
連老哥哥我，
都不認識了啊？
啊！你……
你是星……
星如！
嘻嘻嘻！
不錯！
正是老夫！

太好了！
沒想到會是你！
老兄弟！
真是好久不見了！
哈哈哈哈哈……
師兄！我來給你引見，這位是西域的普拉瓦活佛！
原來是活佛！
久仰！久仰！
星覺大師！
這位是……

活佛！這位就是本寺歸隱四十多年的大師兄！
法號星如，如今為了魔教之事，特地出來相助！
哦！原來是少林寺一代高僧！失敬！失敬！
啊！原來他就是大師伯，一別四十多年，我都快不認得了！
喲！還有個比掌門人大的師祖，不知後面還有沒有個太師祖？
去你的！別亂說話！

老夫已經歸隱多年，本想不再過問少林之事，可是這次老天偏偏安排我湊這個熱鬧，所以……
是啊！有大師兄出面相助，這消滅魔教之事就容易多了！
星覺大師，方才你所說的破除魔教之人，就是這位大師兄嗎？
我？
不！您誤會了！我說的人不是我師兄！

我說的人是他！
什麼？
徒兒，是你？
這是怎麼回事？
是一個小毛頭？

不錯！
我說的就是這孩子！
來，孩子！
見過諸位大師！
參見諸位大師！
唔……
星覺大師，這孩子是何來歷？你說剷除魔教之事，全靠這孩子，這是怎麼回事？

大師要是不相信，不妨試試這娃兒到底有多大能耐！
要我怎麼個試法？
大師何不與他過幾招看看！
什麼？我和他過招！這不是在玩命嗎？

不！我說的是真的！你可別看他小小年紀，俗語道「天下事無奇不有」，活佛你大可試試無妨……
唔！當真？
活佛但請出手就是！
好！既然如此，那麼老衲就姑且一試！
孩子，去吧！
是！

唔……
唔！這孩子的眼神十分鎮定，我就先用兩成功力試試他……
喝！
啊！

啪！
唔！
啊！

啊！
看不出來，小小年紀，竟會有如此雄厚的內力！

老衲再試一次！
呀！
啪！

不行！非得用上
十成功力不可！
啊！
不妙！

哇！
噼啪！

啊！
哇！
師父！
啊！

師父！
師父！
您沒事吧？
……

哈哈哈哈……
這小娃兒果然了得！
真是英雄出少年！
老衲算是開了眼界！
想不到這孩子竟有如
此排山倒海的內力！
普拉瓦活佛！
貧僧所言不虛吧！
唔！想想也真是可怕！
到底是何人有如此能耐，
調教出這麼高深的內力來？

這孩子雖擁有一身異稟，卻無法自己運用，非得借助外力，否則便不能發生作用。
因此，要借他這一身異稟剷除魔教，非得要數名高深修行者助他一臂之力，否則無法成事……
哦！此話怎講？
活佛可知練武之人首先必須做到哪一點？
這……當然是打通任督二脈了！
不錯！可是他……

啊！
難道他……
是的！他筋脈未通，
氣血無法凝成一線！
哦！
原來如此……
唉！……
我明白了，怪不得
會這樣……可是以
少林寺諸位大師之
力難道……
沒有用！以前我們也曾設法要
幫他打通這二脈，可是一直未
成功。直到最近，我們才找到
一個似乎可行的方法……

哦？用什麼方法？
要怎麼做呢？
師兄！你先把東
西拿出來吧！
嗯！
啊！
那是……
神骨天

那不是我教之物
《羊皮卷》嗎？
啊！少林寺鎮寺之寶
《神骨天罡經》？
那東西怎麼會
在你們手上？
這些東西的來路，日
後再做解釋！現在就
請活佛看看這兩樣東
西合在一起會有什麼
情形發生？

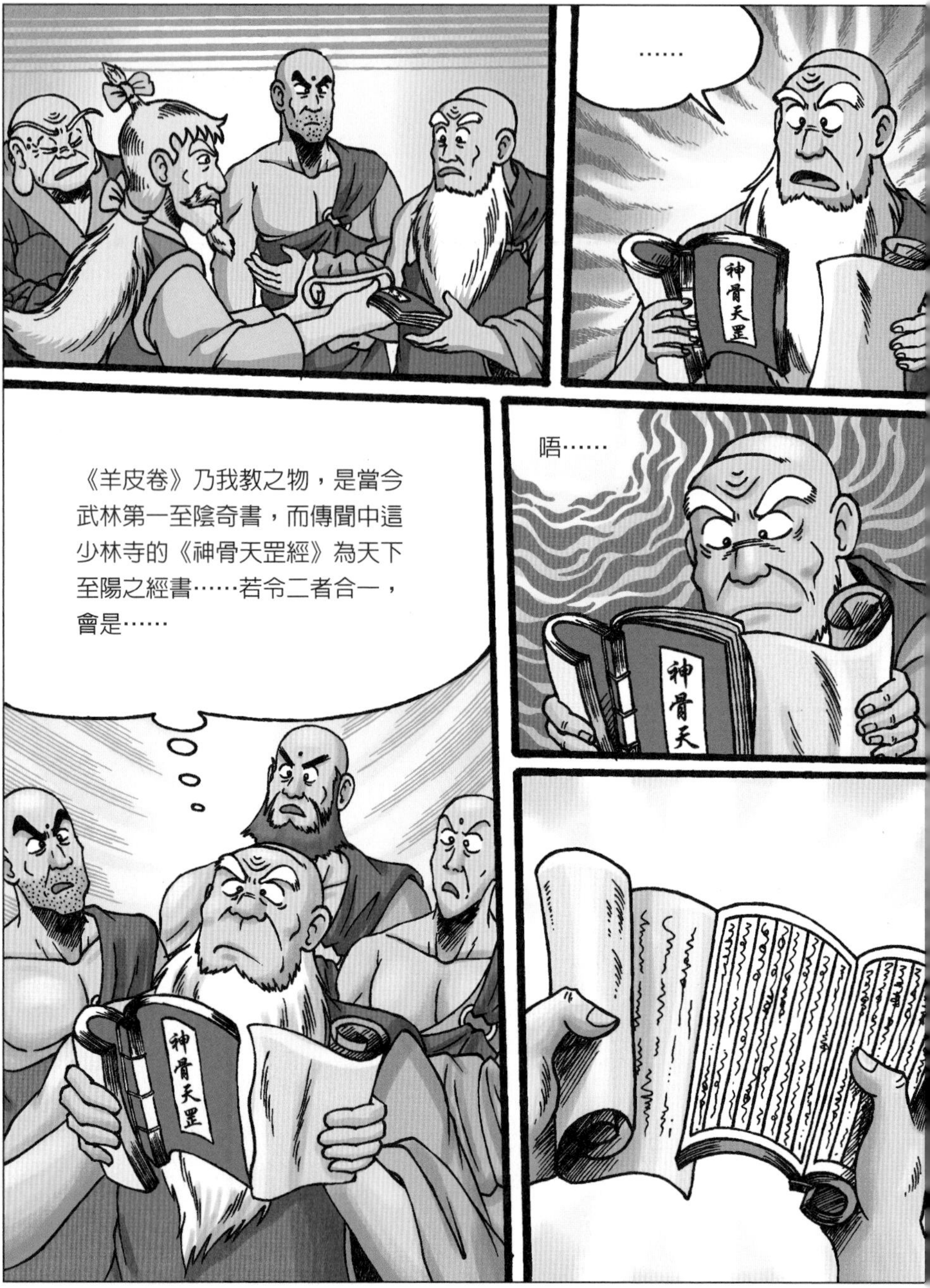
……
《羊皮卷》乃我教之物，是當今武林第一至陰奇書，而傳聞中這少林寺的《神骨天罡經》為天下至陽之經書……若令二者合一，會是……
唔……
神骨天罡

原來是這樣……
啊！這……原來如此，唔……我明白了……
活佛知道怎麼做了吧！等一下還請您鼎力相助……
沒問題！有這種機會實在是太好了，老衲一定盡力而為……
那真是太好了，現在也請掌門師兄看看這本書……
唔……

啊！
神骨天罡
太妙了！原來這一陰一陽二物合而為一，竟有如此大的功效……
既然兩位都已知道其中的奧妙，相信也清楚應該怎麼做了吧！
嗯！
我曉得……

那麼，活佛，你
看咱們即刻進行
此事如何？
好！
現在，除了普拉瓦活佛、
小師弟、掌門人、星如師
兄和我留下，其餘眾人退
下。

是！
是！
活佛，請！

唔……
孩子！今天少林與喇嘛四大高僧，將窮盡畢生之力，助你完成武藝。這是你的福分！但願你能爭氣……

成敗就看你的了！等一下我們四人會盡施所學……如果遇到什麼挫折，你可一定要忍耐！
唔……
師叔公！你們放心！我一定不會讓你們失望的……
好！真有勇氣！

各位！
咱們開始吧！

呀！
呔！
喝！
呀！

他的內力開始抵抗了！
大家快運足內力！

呀！
喝！
呀！
呔！

啪

轟

隆
好大的震動！
這是怎麼回事？
看來掌門人他們有得受了！

哇！
砰
咚！

哎喲……
呼！呼！
唔……

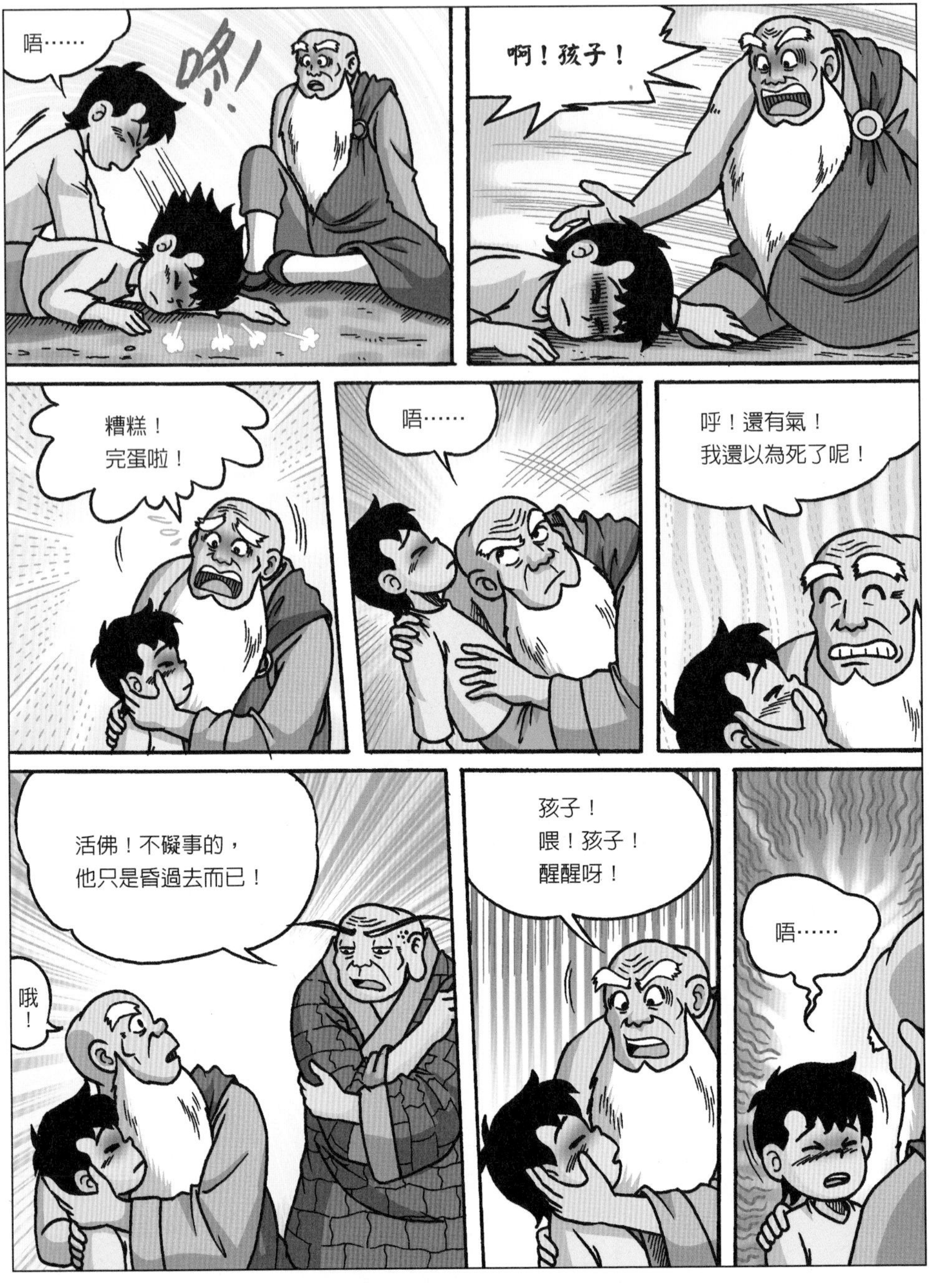
唔……
咚！
啊！孩子！
糟糕！
完蛋啦！
唔……
呼！還有氣！
我還以為死了呢！
活佛！不礙事的，
他只是昏過去而已！
哦！
孩子！
喂！孩子！
醒醒呀！
唔……

唔……
啊！你醒過來了！
唔！這小子居然能承受得住我們四人的全力施展！真是太不可思議了！
按理說，這次應該成功才對，可是……為什麼還是不靈呢？
平常人只需我四人之中任何一人，便能打通任督二脈！可現在……
各位！會不會是咱們的手法錯了！或是其他原因……也許這孩子，我們用一般方法，根本打不通！

對！
有此可能！
對了！
會不會是任督二脈易位？
任督易位？
有這種事嗎？
唔！有此可能！古醫書上記載過這種事！
唔……如果真是這樣……那可就麻煩了。
管不了那麼許多了！縱然是任督易位，總不外乎那前後兩處！咱們就來個雙管齊下！
星覺，你助我！星眠師弟，你幫普拉瓦活佛，咱們動手吧！

這麼做……妥當嗎？
除此之外，別無它法！
唔！也只有這個辦法了！
好！試試看！
來吧！

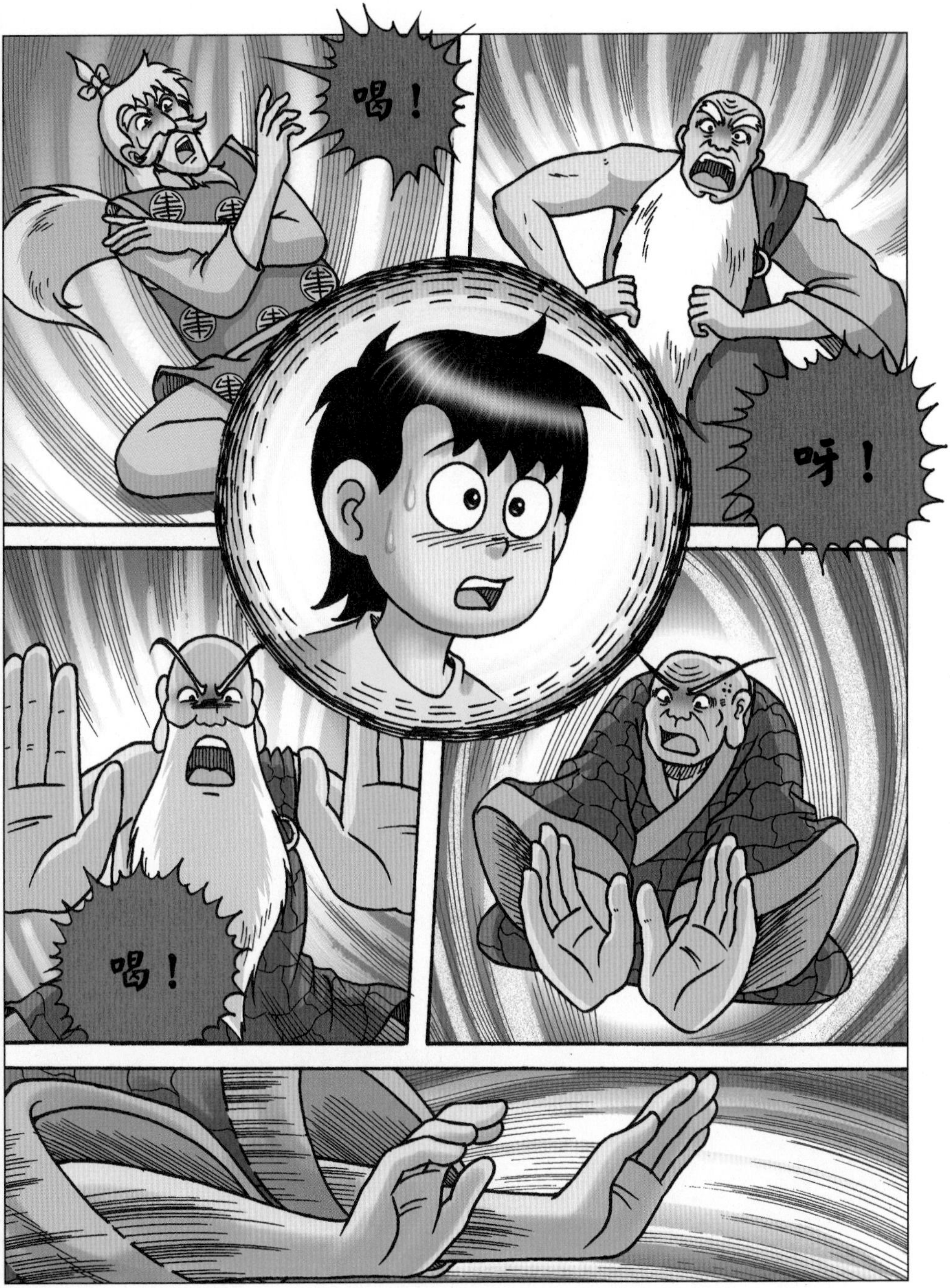
喝！
呀！
喝！

啊！
唔！
！

小心！
啊！

砰！
隆

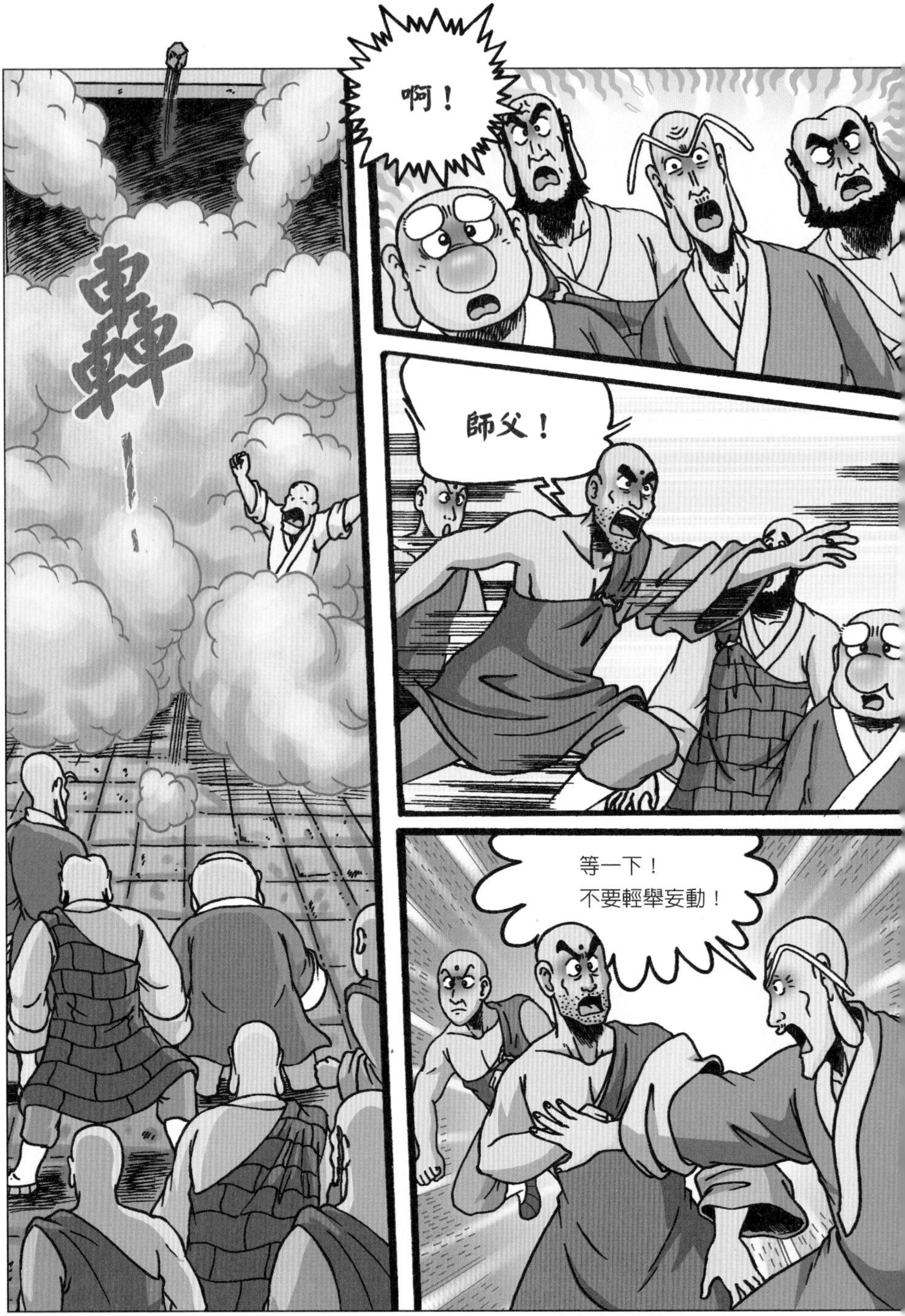
轟—！
啊！
師父！
等一下！
不要輕舉妄動！

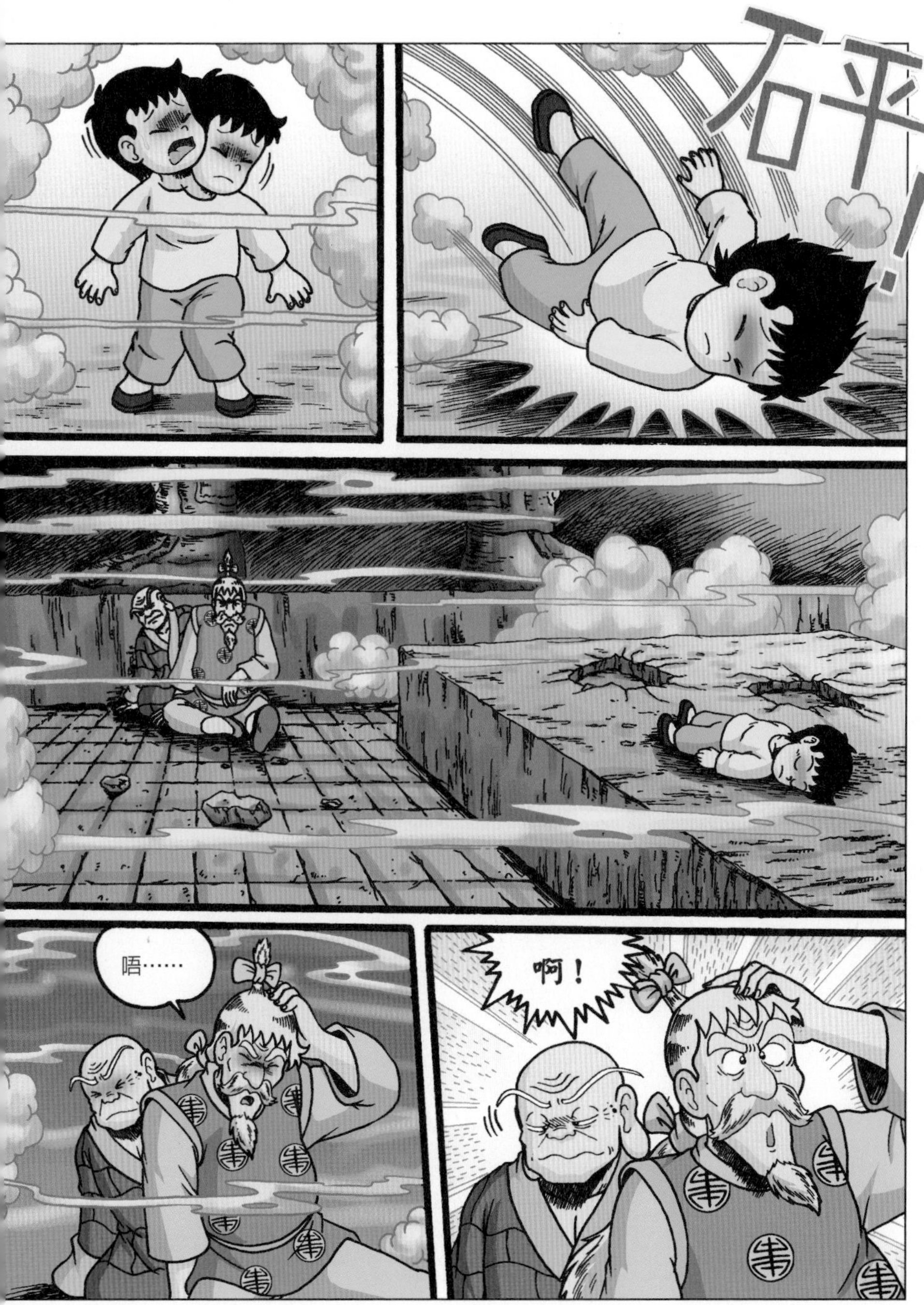

砰！
唔……
啊！

難道……
娃兒……
小師弟！

孩子！
啊！
唔！
怎麼啦？
怎麼回事？

孩子！
！
糟了！
聽不到脈膊了！
什麼？！
快！
咱們聯手運
用還陽術！

喝！

不行！這樣下去，那孩子遲早會被他們弄死！
好啦！沉著點！窮吼有什麼用！
你叫我怎麼沉得住氣嘛！你別攔着我！
你看看現在的情形，少林、喇嘛四大高僧聯手，都這個樣子，你插得上手嗎？
我……我……
唔……

唔……
唔……

啊！
哎！好了！
呼！好險！
哎喲！老夫這身老骨頭，差點就給拆散了！
哎喲！娃兒！你這不是整人嗎？
唔……

啊！星覺！你怎麼了？受傷了？
沒事！師兄！
唉！怎麼還是不行呢？這要怎麼辦才好？
唉！再這樣折騰下去，老命休矣！
那可不行！我的衣缽傳人到現在還沒著落呢！我非要親眼看到這娃兒成大器不可！

唉！
唔……
啊！
我想到了！
你想到了什麼？
看來，我們一直
在鑽牛角尖！

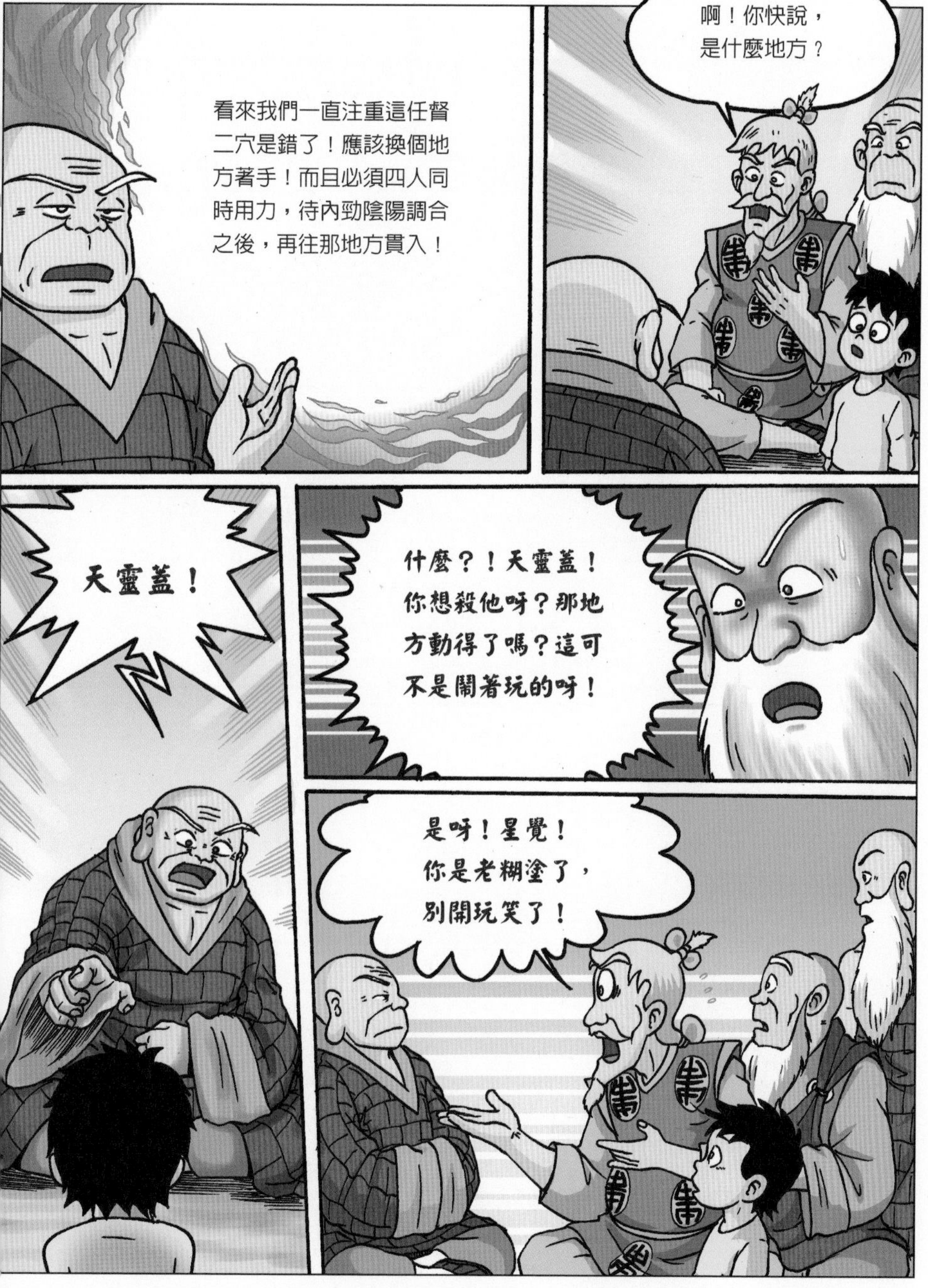
看來我們一直注重這任督二穴是錯了！應該換個地方著手！而且必須四人同時用力，待內勁陰陽調合之後，再往那地方貫入！
啊！你快說，是什麼地方？
天靈蓋！
什麼？！天靈蓋！你想殺他呀？那地方動得了嗎？這可不是鬧着玩的呀！
是呀！星覺！你是老糊塗了，別開玩笑了！

你們聽我說，我發覺，當我們全力施展內勁的時候，這孩子的天靈蓋上似乎有股真氣源源而出！
我們打進去的內力，
就是從那兒散發出去！
因此，我們無論如何也收不到效果；反而很容易被他所傷！
唔！是有點道理！方才我也發覺了！
唔！要是這樣的話，那麼……如果反其道而行，也許……
不會錯吧！這可不是鬧著玩的！這事可別鬧大了！

姑且一試！就像星如師兄所說的，反其道而行，以他自身的內力逼回，
再加上我們四人的真力，應該很容易打通他的任督二脈，
然後再貫入我們四人的真力，如此一氣呵成，一個曠世奇才就會活生生地被我們創造出來！
哦！那怎麼做？
首先咱們四人必須同時聯手，將體內真力凝聚成為巨大的力量，然後找到適當的時機，全力將真力貫入！

嘿！咱們不妨試試看吧！
也許真能成功……
唉呀！這次再不行的話，
我看，咱們四個人都得回
去見老祖宗啦！
試試看吧！
唔……
來吧！事不宜遲！
咱們快動手吧！

孩子，
準備好了嗎？

嗯！
好！
要忍著點哦！
喝！
嗨！
呀！

喝!

呀!!

哈！
啪！

快！
現在！

喝！

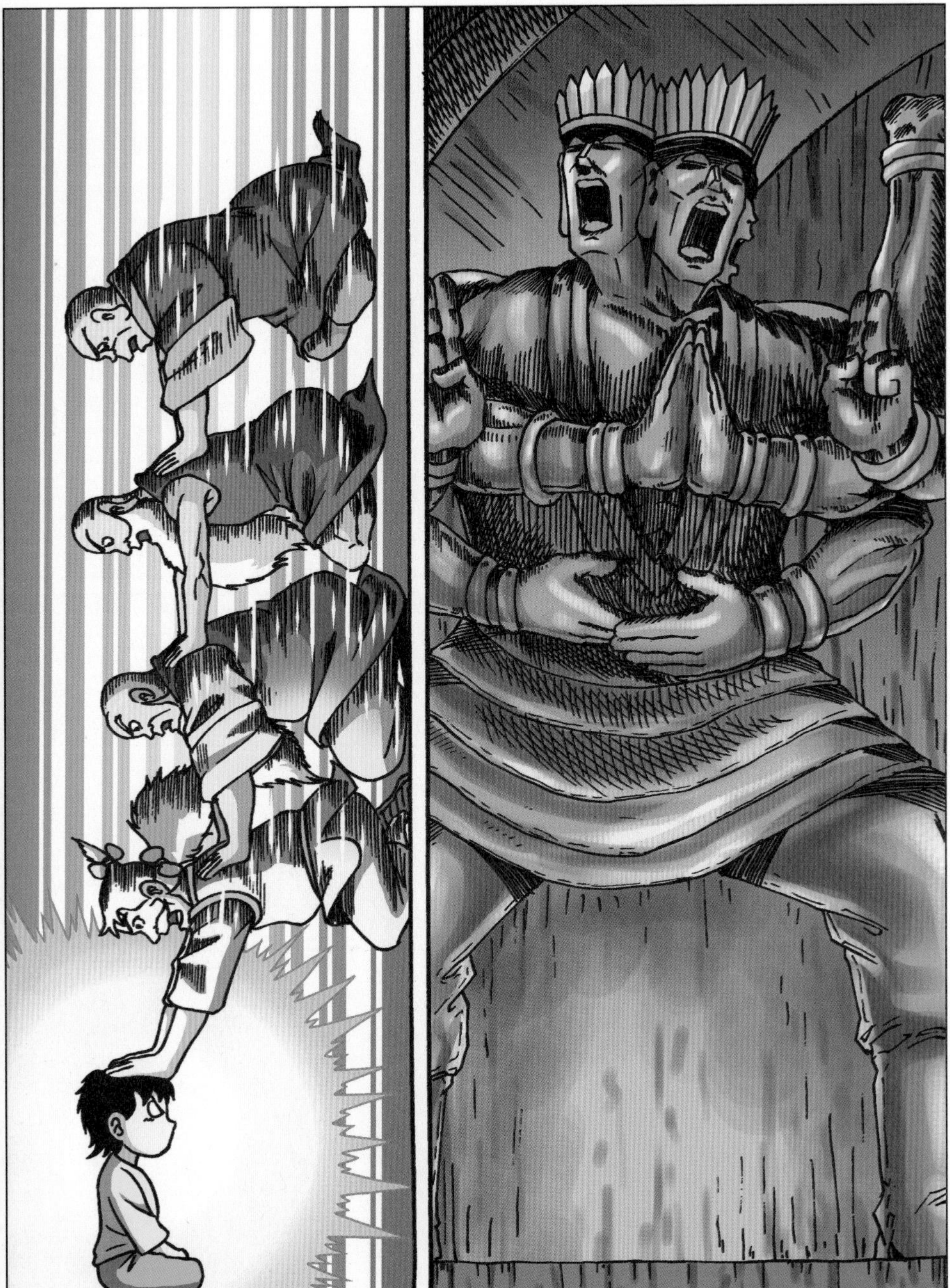

閃

啊！
怎麼回事？
快過去看看！
啊！

唔……
那是……
成功啦！
哇！哈哈哈哈哈哈！

哇！嘻嘻嘻嘻！
啊！
嘿嘿嘿！
孩子……

丐幫總壇
義薄雲天
丐

少林寺與喇嘛正準備聯手向魔教進攻的消息，確實嗎？
稟幫主，小的在少林寺親耳聽見兩名小沙彌正在議論此事！
唔……
啓稟幫主，這可是為我死難弟兄報仇的大好時機。就請幫主立刻召集人馬，咱們殺往魔教，去滅了那幫為非作歹的惡徒！

各位長老，
你們有什麼意見？
唔……
這個……
立刻召集人馬，殺往魔教！為死難的兄弟報仇！就算赴湯蹈火，也在所不辭！
既然你們都有決心……
好！即刻去召集各路弟兄，進攻魔教！

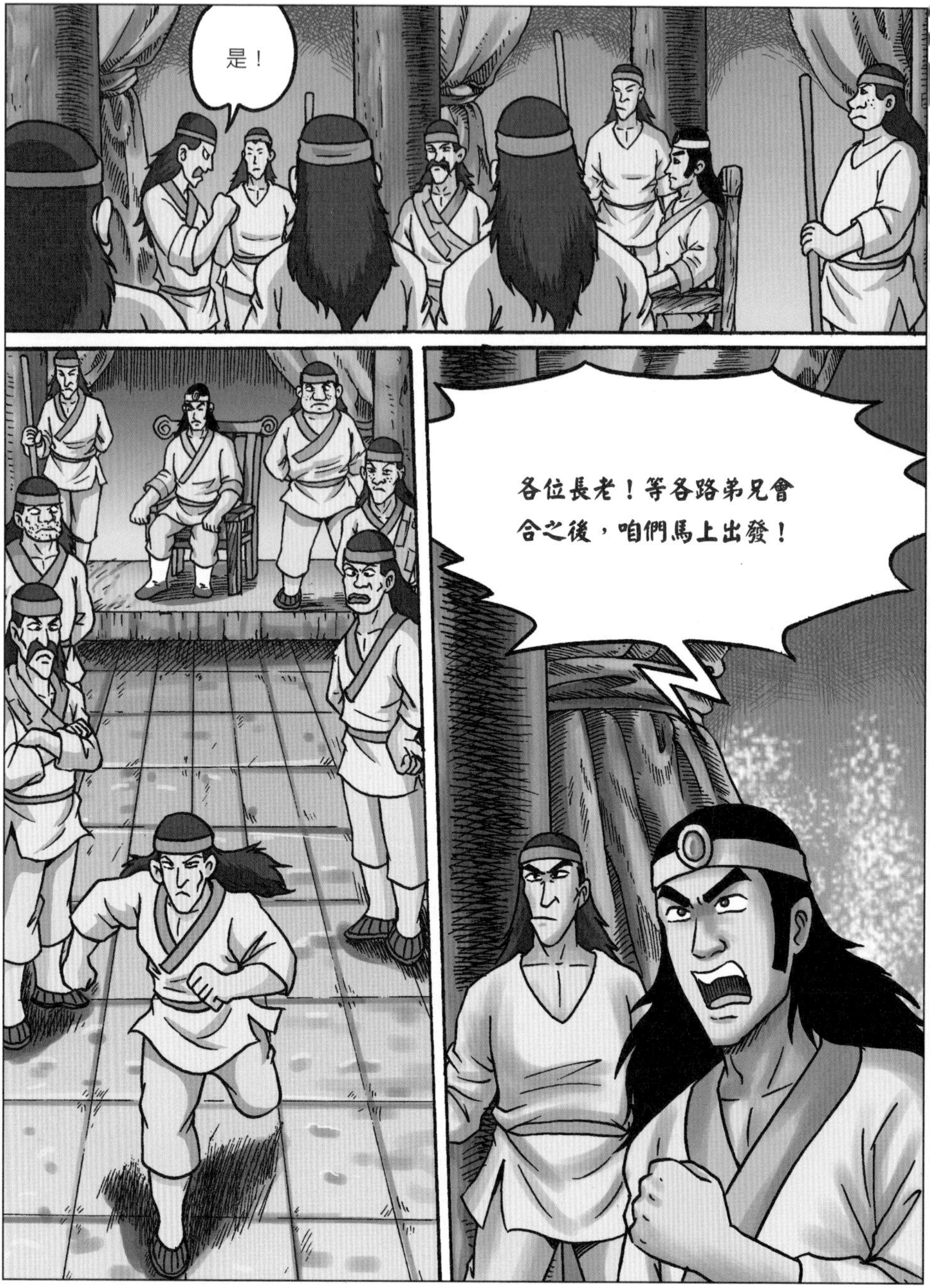
是！
各位長老！等各路弟兄會合之後，咱們馬上出發！

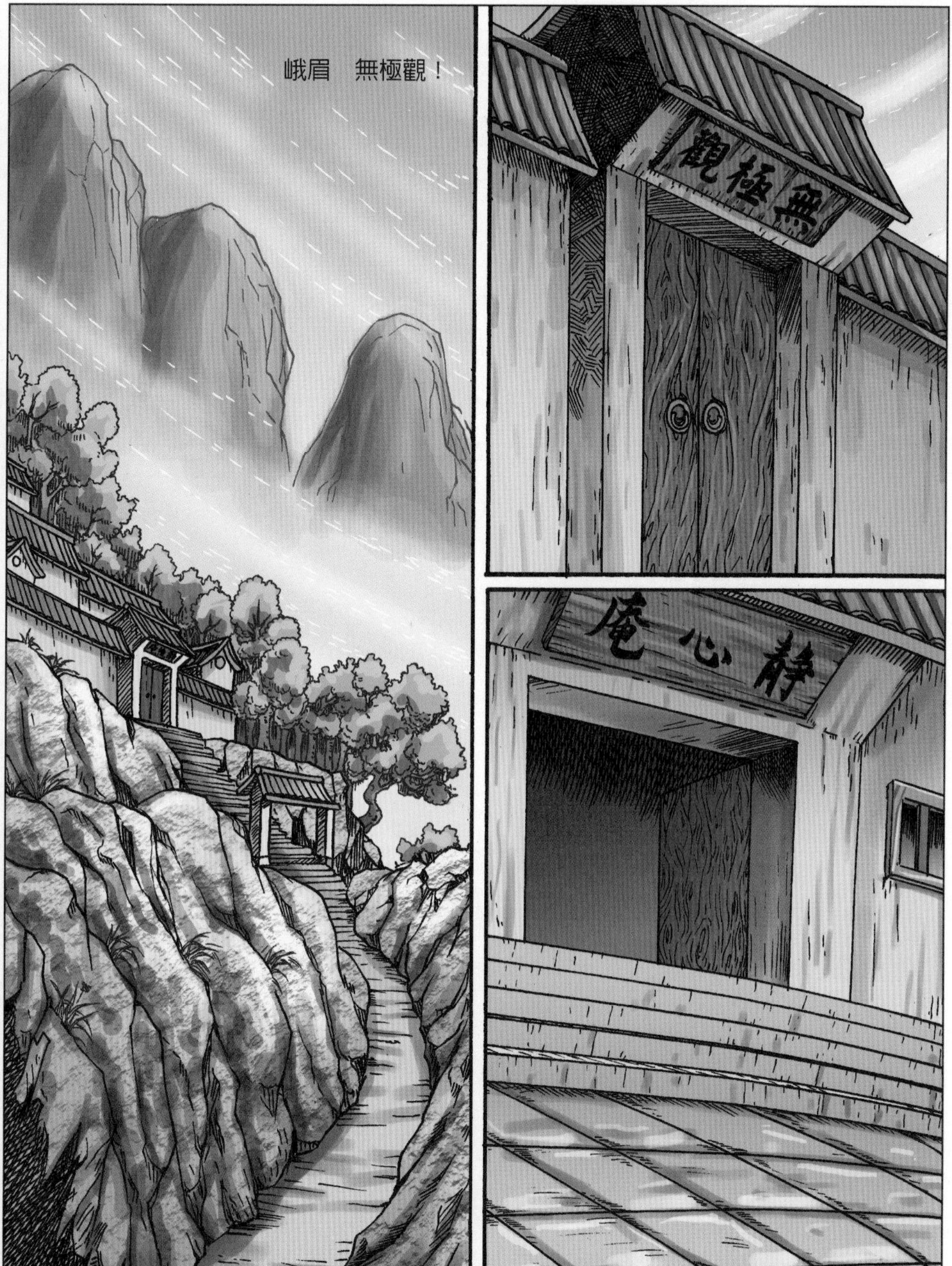
峨眉　無極觀！
無極觀
靜心庵

師父！您看……這件事，我們要不要去？

了劫！妳想，
我們能不去嗎？
師父！
但憑您老人家發落！
唉！也該我們與魔教之間做
個了斷了！否則，妳了因、
了塵師姐和整個太虛觀死去
的弟子，必然死不瞑目！
是！
那麼，妳就去召集
我峨眉門下弟子，
我們即刻出發！
是！

了情！妳去帶胖妞那孩子來此！
是！
……
了因、了塵，為師今日就要為妳們去剷除魔教！
替妳們報仇！妳們安息吧！

師父！
胖妞來了！
參見師太！
好！
妳過來！
是！
孩子！最近妳加緊勤練的「落雁九式」劍法，練得如何？
啓稟師太，弟子的這套劍法，已大有長進！

好！妳練一遍，
我看看！
是！
鏘
丹鳳朝陽！

長虹貫日！
青龍探爪！
推窗攬月！
烏龍擺尾！
漁樵問津！

旋風裂帛！
雪掃落
霸王翻身！
飛鳳點
仙人指路！
魁星獨立！
轉身勒馬！

啪！
喝！
唔……

好！太好了！
果然大有進步了！
多謝師太誇獎！
孩子！以妳這身功夫，應付一些人，應該沒問題了，我想帶妳去一個地方！

哦？師太要帶我去什麼地方？
魔教！
啊！魔教！
是的！聽說少林寺與喇嘛聯手，正準備大舉進攻魔教，剷除那幫邪魔外道！我想率領弟子前去助他們一臂之力，替太虛觀死去的弟子報仇，而妳亦可為死去的爹娘和奶奶報血海深仇！

啊！那太好了！
我終於可以為我奶奶及爹娘報仇了！
是！
現在！咱們就起程吧！
哼！魔教這群妖孽，今日就是你們的敗亡之日！

嘿！
無回谷
喝！
呔！
呀！
殺！

力劈華山！
四平
大馬！
倒曳
九牛！
橫掃千軍！
大劈
江山！
白蛇吐信！
哆

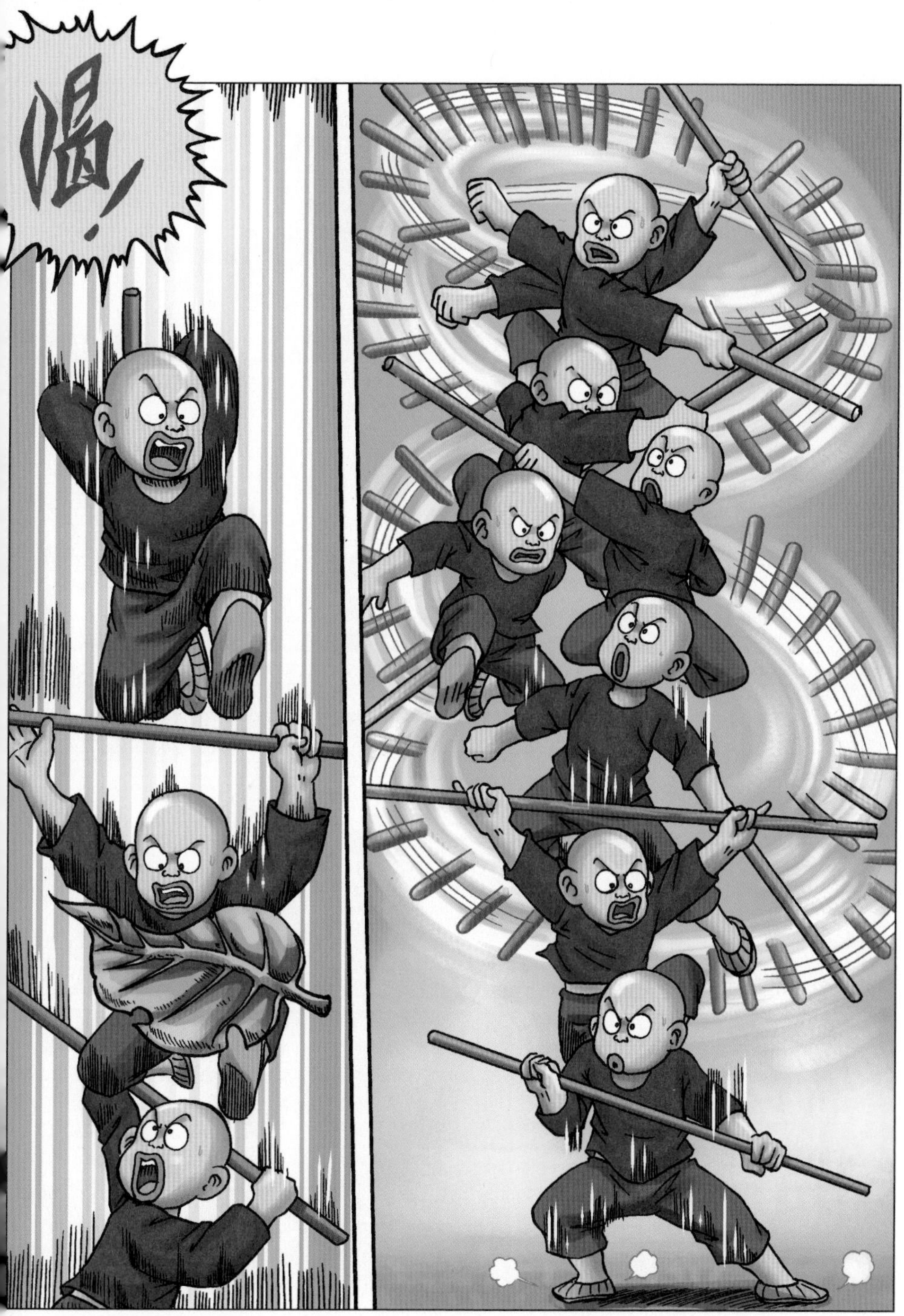
喝!

吁！
呵！
喂！阿德！
老爺爺和師弟去少林寺怎麼還不回來？
唔！
搞不好，他們把我們放鴿子了！不回來啦！

也許他們真的不回來啦！這可怎麼辦才好？
阿德！咱們去少林寺看看，好不好？
唔！
唔！
不敢！你這膽小鬼！放心啦！不會挨罵的！
唔咿！
啊！
姆！
怕什麼？告訴你，以前我在少林寺那邊很罩得住喔！

嘻嘻！
你不相信？我不會騙你的啦！烏龍院那兩個師父就全聽我的了！因為我是大徒弟呀！
唔！
不相信就算了，別用那種眼光看我！
我問你！你到底去不去？
唔！

哎呀！看你長得人高馬大的，卻是小雞膽子！怕什麼？一切我來應付，走吧！
走吧！
走吧！
走呀！

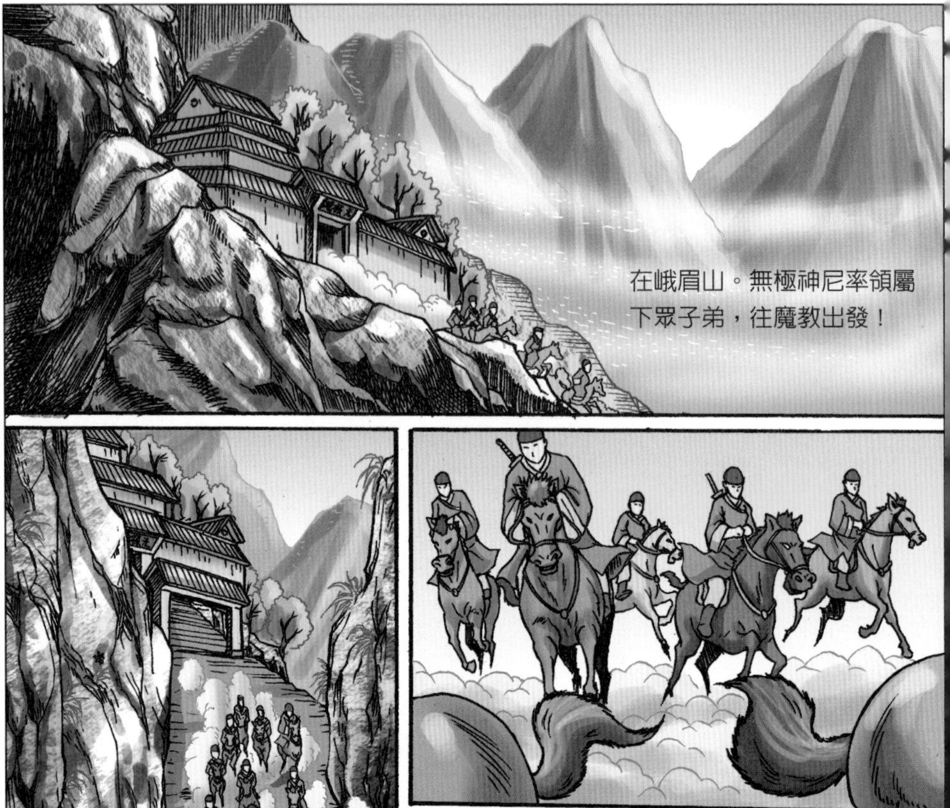
在峨眉山。無極神尼率領屬
下眾子弟，往魔教出發！

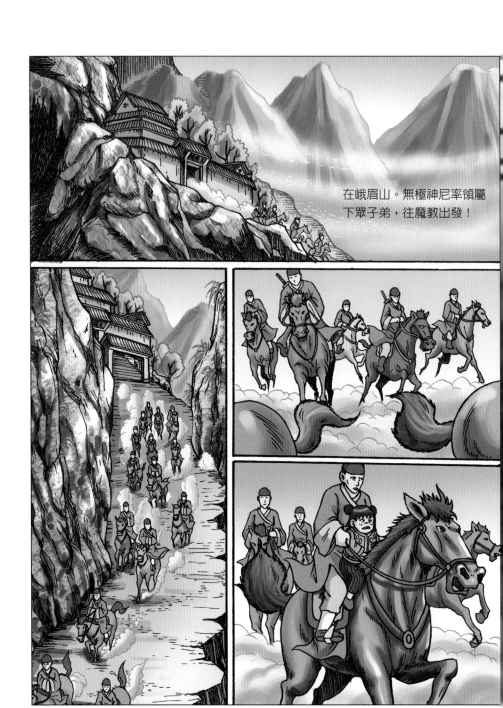

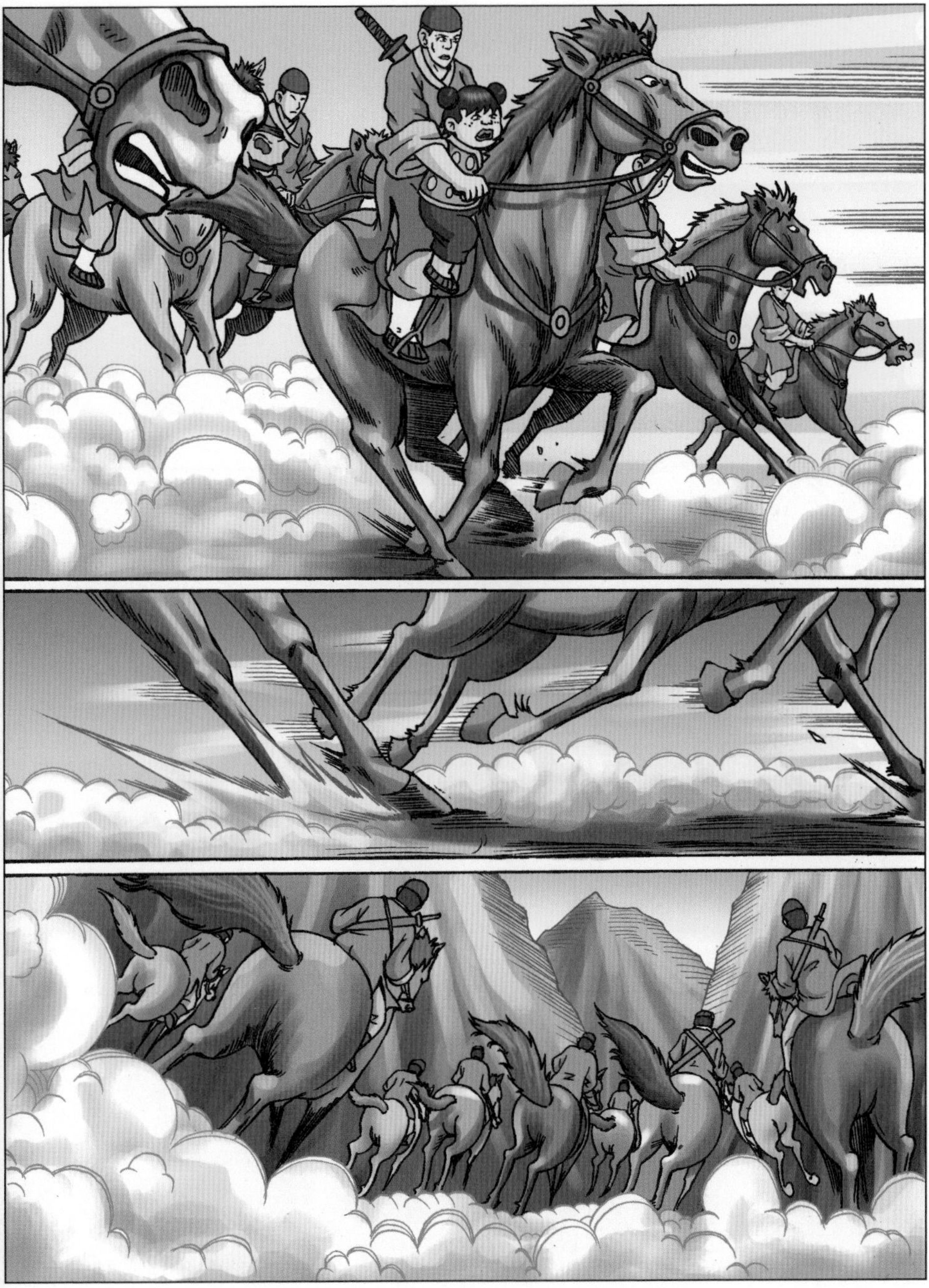

在丐幫總壇。丐幫幫主集眾，
正欲向魔教進軍！
各位丐幫兄弟們！
此刻，我們就要出發
到魔教，為我們死去
的弟兄們復仇！
為我丐幫弟兄復仇！

嘩

喝！

嘿！
喝！
呀！
喝！
呔！

呀！
嘿！
看看這小子，彷彿脫胎換骨了似的！
呼！
呵呵呵……總算沒白費心血！當初我就知道這娃兒將來必然會出人頭地！

多謝活佛鼎力相助！
唔……
老衲只是略盡綿薄之力，大師不必客氣！
唔！對了！
哎呀！娃兒！你過來！
什麼事？師祖！
今天，為慶賀你練成一身神功，師祖我要送你一樣東西！

唔……
喲！師兄！那不是達摩羅漢丹嗎？你怎麼還有這玩意兒……莫非……
就只剩下這一小罐了！還是我千辛萬苦保存下來的呢！
喲！稀奇玩意兒！老弟！借看一下吧！
不行！

喝！看一下有什麼關係？
對了！給顆嘗嘗吧！我還沒吃過這玩意兒呢！我想味道一定很好！
都這麼老了！吃它幹嘛？這是留著送給寺中有出息的後生的！娃兒，來，師祖給你吃一顆！
來！
呀！這是什麼？黑不溜秋的能吃嗎？
當然可以啦！快吃！快吃！很補的喲！

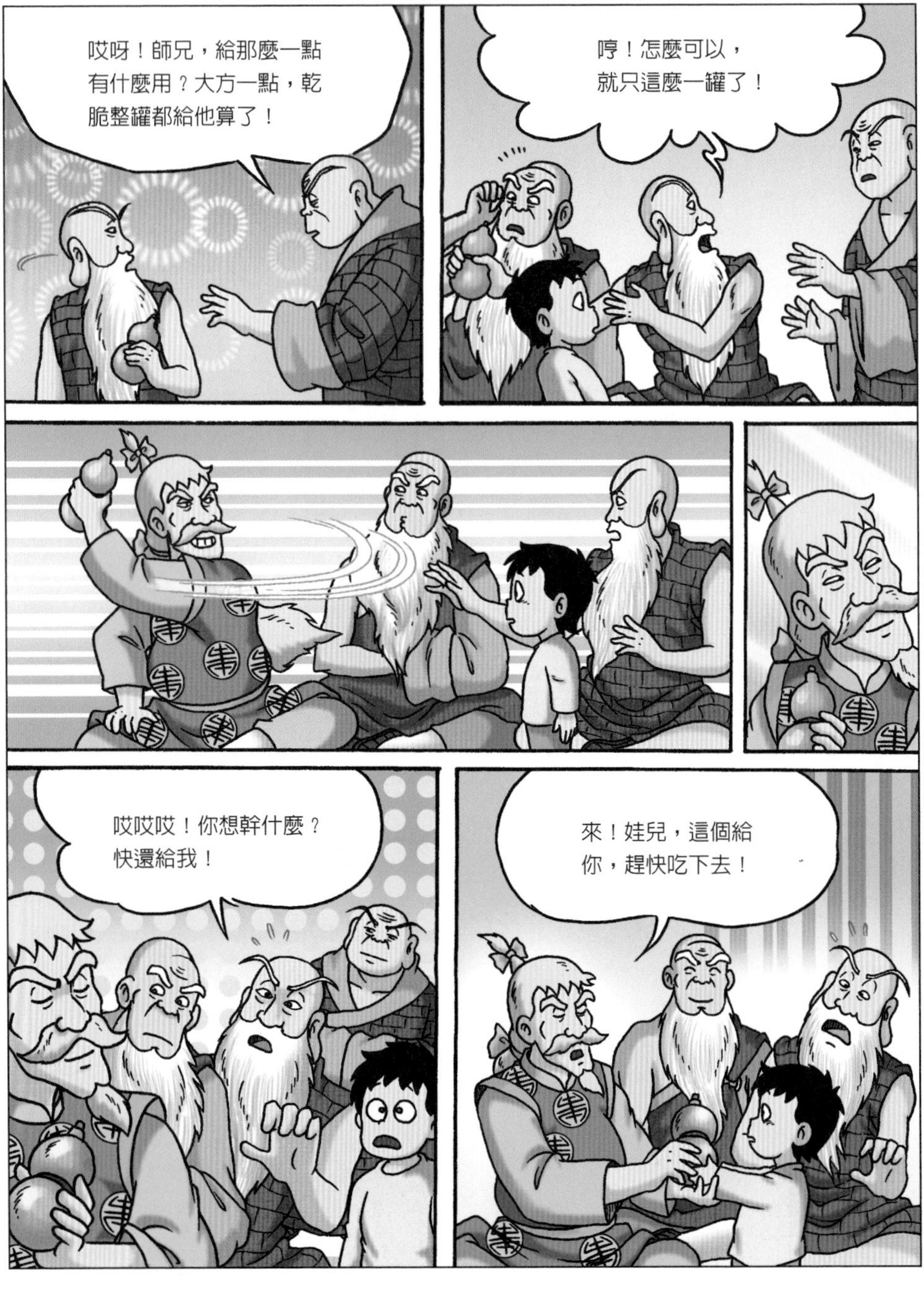
哎呀！師兄，給那麼一點有什麼用？大方一點，乾脆整罐都給他算了！
哼！怎麼可以，就只這麼一罐了！
哎哎哎！你想幹什麼？快還給我！
來！娃兒，這個給你，趕快吃下去！

啊！不行！不行！喂！
哎喲！老弟，別那麼吝嗇，反正遲早都是他的，你就乾脆一點吧！
娃兒，你快吃吧！
師叔公！這能吃嗎？
什麼不能吃！你小時候就吃過好幾罐這個！
喂！
來，快把嘴張開！

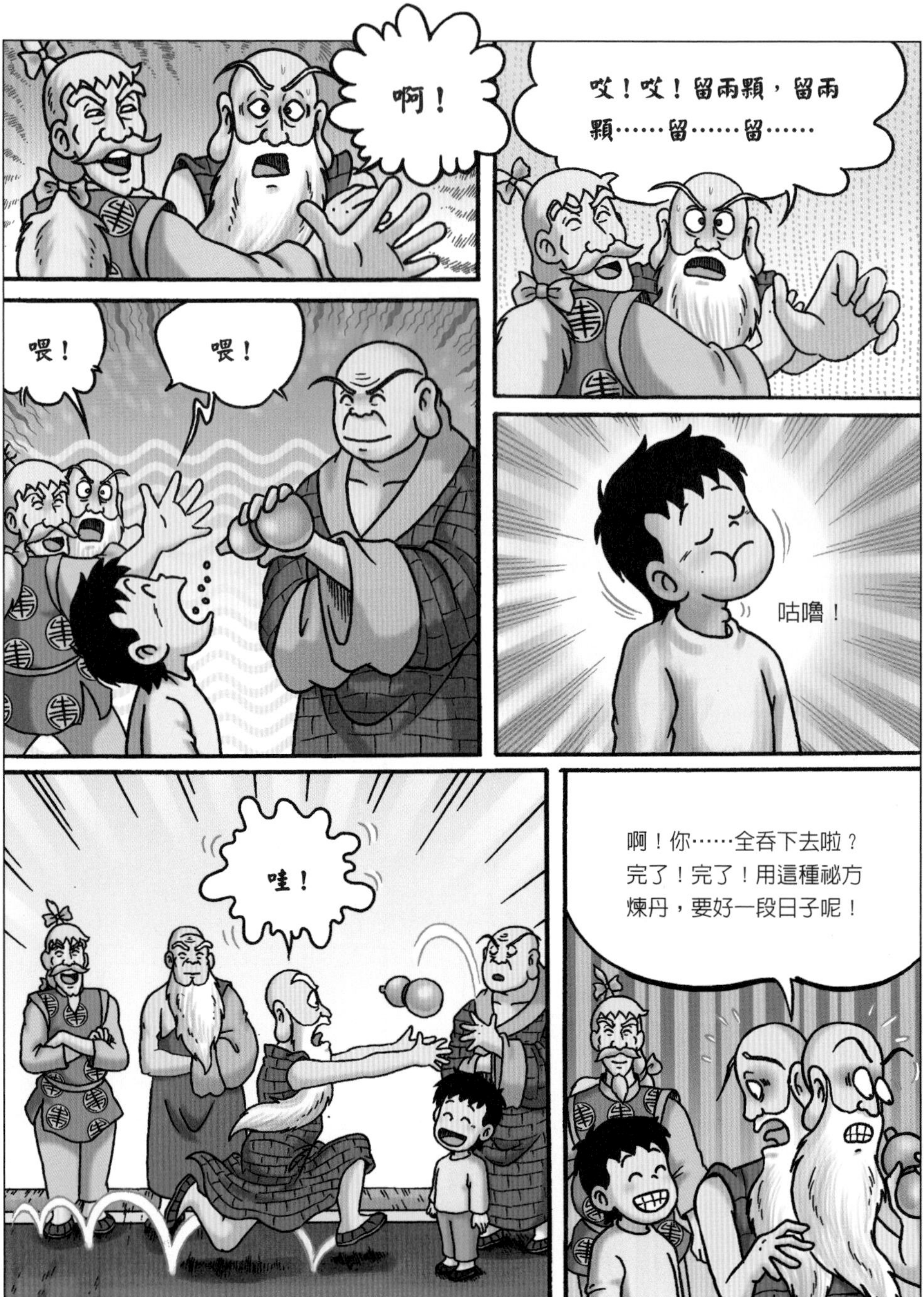
啊！
哎！哎！留兩顆，留兩顆……留……留……
喂！
喂！
咕嚕！
哇！
啊！你……全吞下去啦？完了！完了！用這種祕方煉丹，要好一段日子呢！

老弟，再煉就是了！
捨不得什麼呀！
嘻嘻嘻……
都是你！
咚！
哈！哈！哈！
哈！哈！
哈！
哈哈哈哈哈哈！

好了！現在，我們來商量一下進攻魔教的事吧！普拉瓦活佛，你有什麼意見？
魔教那邊的人，也不見得個個都是十惡不赦之徒，有些人是被迫的。因此，過去之後，也不宜濫殺無辜！
對！活佛言之有理！我佛慈悲，出家人定不可妄殺蒼生！我們只要將為首的幾個惡徒除去，就行了！
哦！你的意思是……
我的意思是……我們這邊的人不必去得太多，人多了，反而造成無辜傷亡！我想就我們這幾個人去，其他寺僧留守少林寺！
有道理！我們此刻就出發吧！

好！左右護法，你們去準備一下，我們上路吧！
是！
空圓！
你留下守少林寺！
是！
師父！我跟你一起去……

哎！小徒兒，你現在的功夫比師父行，可別跑得太快哦！否則，師父追不上！
少林寺

（未完待續……）

下集預告

打通了小師弟體內的任督二脈後，少林寺眾高僧與西域活佛、喇嘛一行人帶著小師弟前往魔教，打算以「擒賊擒王」戰術，直搗黑馬車神祕人所在的巢穴，然而以他們少數幾個人的力量，是否真有徹底摧毀魔教的勝算？

武林丐幫各路弟兄、峨眉派門下弟子全體動員朝魔教進軍，欲為被血洗的同門報仇。峨眉師太帶領無極觀弟子和胖妞，率先抵達，隨即與魔教大軍正面交鋒，師太為保護胖妞，不敵神祕人和左右護法的攻勢，危在旦夕，少林寺等盟友是否能及時趕到解圍？

還屍谷谷主訓練出的殺人武器——菊師爺，無靈魂的屍身邪惡發威，重創少林寺掌門星眼禪師，少林高僧及西域活佛聯手，都非其對手，生死危急關頭，激發了小師弟體內的驚人內力，小師弟以孩童之身，是否足以對抗魔教終極白骨還魂絕學？

《烏龍院前傳 拾肆》精彩完結篇，武林存亡，在此一役。千萬不能錯過！

預計二〇一二年八月出版！

敬請期待！

烏龍院前傳

集集樂活動 送精美禮物！

將《烏龍院前傳 拾壹》至《烏龍院前傳 拾肆》共四集貼紙截角撕下，貼在本頁面上，附上已貼妥五元郵票的回郵信封，信封上收件者請填寫自己的姓名和住址（未附回郵者恕不處理），一起寄回「10803台北市和平西路三段240號3樓 烏龍院前傳活動 收」，即可獲得獨家限量「烏龍院磁鐵」喔！

拾壹　拾貳　拾參

拾肆

注意事項：

1. 贈品限量五百份，依來函順序兌換，換完為止，不另行通知。
2. 未附回郵信封者，恕無法寄送贈品。
3. 收件資料若填寫不完全，導致贈品無法寄達，時報出版恕不負責。
4. 實際活動時間及贈品內容以時報閱讀網www.readingtimes.com.tw公告為主。時報出版擁有更改或中止活動之權利。

時報漫畫叢書 FT859

烏龍院前傳13

作　者—敖幼祥
主　編—陳信宏
責任編輯—邱憶伶
美術設計—楊啟巽工作室 ycs7611@ms21.hinet.net
發 行 人
董 事 長—孫思照
總 經 理—莫昭平
出 版 者—時報文化出版企業股份有限公司
一〇八〇三　台北市和平西路三段二四〇號三樓
發行專線：（〇二）二三〇六—六八四二
讀者服務專線：（〇二）二三〇四—七一〇三
（如果您對本書品質有任何不滿意的地方，請打這支電話）
讀者服務傳真：（〇二）二三〇四—六八五八
郵撥：一九三四四七二四時報文化出版公司
信箱：台北郵政七九～九九信箱
時報悅讀網—http://www.readingtimes.com.tw
電子郵件信箱—newlife@readingtimes.com.tw
第二編輯部臉書 時報㊣之二—http://www.facebook.com/readingtimes.2
法律顧問—理律法律事務所陳長文律師、李念祖律師
印　刷—華展印刷有限公司
初版一刷—二〇一二年六月八日
定　價—新台幣二八〇元
⊙行政院新聞局局版北市業字第八〇號
⊙版權所有，翻印必究
（若有缺頁或破損，請寄回更換）

ISBN 978-957-13-5574-0
Printed in Taiwan